CRIMSON EMPIRE

クリムゾン・エンパイア

～プリズナー・オブ・ラブ～

We devote our life proudly.
my life for you. For all you.

QuinRose 2008

ALUMI KAMIO
神尾アルミ

原作 QuinRose

一迅社文庫アイリス

Cover&Pinup ✦ QuinRose
Illust&Comic ✦ 双葉はづき

君は大成するよ
そういう運命を持っている
ある時悪魔が現れて
そう囁《ささや》いた
Prologue
Comic ✦ 双葉はづき
誰…？
……
綺麗…
なんて綺麗な人

君って馬鹿なの？
大成するって言っているんだよ
国の歴史を動かす人間になれるって言っているんだ
あるいは国の歴史を動かすような人間を動かす
……それは…すごいわね
もうちょっとまともな返事はできないわけ？
…愚《おろ》かだ…君は人間の中でも特別愚かだね

おまけに酷《ひど》く醜《みにく》い顔だ
汚い
あなたは…
綺麗だわ
………
何でキスするの?
君がとても醜くて汚いから

そこまで言わなくても…
たしかにあなたは見たこともないくらい綺麗だけど…
あなた
人間じゃないみたいだわ
それくらい綺麗
当たり前だろ
僕が人間なんて下等な生物のわけがない
僕は悪魔だよ
見れば分かるだろ?
君は大成するよ
そういう運命を持っているんだ
そこに行き着くには二通りの道がある…
選ばせてあげるよ

女として…体を売ってでものし上がって
最終的には国王や大貴族の愛人にまで上り詰めるか
もう一つ
自分の実力だけでのし上がっていく道もあるよ
こっちは反対に血まみれになって生きていくんだ
でも誰にも頼らなくていい
女として生きていくのか腕ひとつで生きていくのかどちらにしても成功するよ
報《むく》われる
それが君の運命だ

僕が君に
選ぶ権利を
あげる
選ばせてあげるよ
……
それには…
代償が必要
なんでしょう？
もちろん
でも君は
どんな条件だろうと
呑むはずだ
ええ
そうだわ
どんな代償を
払わされても
構わない
これ以上
酷くなりようが
ないもの

たとえ…
どんな代償を払っても
さあ 君はどっちを選ぶの？
女としての道か 血で築く道か
早く決めてよ
そんな急に言われても……
別に難しいことなんてないだろう？ とっとと決めなよ 殺したくなっちゃう
ええ!?
殺っ…!?
わ…私は…
私の選ぶ道は…

ねえ　シエラ
僕のことだけ考えて
僕のためだけに働き
僕に尽くして死んでくれ
ああ
あなたがいるから
私は生きていける

ス

エドワルド様!!
──…っ
夢……

Ⅰ 彼女の理由

見慣れた天蓋《てんがい》。流れるレースのカーテン。身に余るほど豪奢《ごうしゃ》な家具の数々。

あたりはしんと静まり返っていて、自らの鼓動と荒い呼吸以外に物音などありはしなかった。

窓の外はまだ起きるには早い、深く沈んだ濃紺色だ。

もちろんエドワルド＝ウィンフリー、主《あるじ》である彼の姿など見つかるはずもない。


「そう、夢よ。全部、夢」


もう一度声に出してたしかめて、そこでやっと彼女はつめていた息を吐き出した。頬《ほお》をつたう汗を、はりついた赤毛とともに無造作に払う。

これで何度目だろう。同じ夢を見たのは。

目の前でエドワルドに剣が振り下ろされているというのに、自分はそれに間に合わない。どう手を伸ばしても、叫んでも、何一つ届かない。

剣を振りかざすのは決まって、彼の実の兄、ジャスティン＝ロベラッティだった。

彼女、シエラ＝ロザンにとって、主人であるエドワルドは生きる意味でありすべてだ。

彼がいなくなったら……。

想像するだけで目の前が真っ暗になる。

主のいない世界など、想像したくもない。そんな世界では呼吸さえままならない。

――僕のことだけ考えて、僕のためにだけ働き、僕に尽くして死んでくれ。

エドワルドにそう言われて手を引かれたのも、もうずいぶんと昔のことだったが、昨日のことのように鮮やかに思い出すことができる。

あのころは、シエラはまだ独りだった。

◆◆◆

まったくの暗闇《くらやみ》だった。

目を開けているのか閉じているのかも判然としないほどに。完璧《かんぺき》な暗闇だった。自分がじきに死ぬだろうことが彼女にはよく分かっていた。

悪魔に選ばせてもらった道が、どうやらここで終わるらしい。「大成する」と、そう言われたのに……。

――君は大成するよ。そういう運命を持っている。

そう、あのときたしかにそう言われた。とびきり綺麗《きれい》な悪魔にそう言われたのだ。

まだ、何もやり遂げてなどいなかった。「大成」とは程遠い今の自分の姿が脳裏によぎる。

どうやら自分はここまでらしい。立たなくては、と思う一方で、ひどい眠気も感じていた。

体もだるいし、まぶたも嘘《うそ》のように重い。

言うことをきかない体を無理やり覚醒《かくせい》へと導いたのは、結んだ髪が引っ張られる容赦のない痛みだった。頭が上へ引っ張られる。痛い。痛い。

「………いっ、痛いですって！」

「ああ、起きてくれたんだ」

死んでいるのかと思ったよ、と笑いながら髪を引っ張っているのはこの国の第二王子、エドワルド＝ウィンフリー。シエラの今回の護衛対象だ。

癖のあるブロンドの髪が目に眩《まぶ》しい。美しい翡翠《ひすい》の瞳《ひとみ》が、シエラの苦痛に歪《ゆが》んだ顔を映しこんできらめいている。

状況が分かっていないのか、彼はにこにこと笑いながらシエラの髪をいじっている。

そうだ、問題は置かれている状況だ。

シエラはあたりに視線を這《は》わせた。今回エドワルドの護衛についていた使用人はすでに全滅していた。回廊の床が、折り重なった死体で見えない。城の長い廊下には人の気配が感じられなかった。あるのは死体と、死臭と、そしてエドワルドと自分だけだ。

　辛うじて生き残っているシエラもすでに致命傷を負っていた。傷をたしかめなくとも自分が生死の淵《ふち》をさ迷っているのが分かる。意識が朦朧《もうろう》とし出したところで、ふたたびエドワルドに髪を引かれて目を開けた。

「あの……痛いんですけど」

「この頭が悪そうな髪型、引っ張りやすくていいね。もしかして引っ張られたくてこの髪型にしているの?」

「頭が悪そうな髪型というのには同意しますが、決して引っ張られたいわけじゃないです」

　こんな会話をしている場合じゃない。応援を呼びに行ったメイドがまだ戻ってこない。そのことがシエラを不安にさせた。

　あのメイドが、敵でないとどうして言えるだろう。呼びに行ったのが応援ではなくて、侵入者の仲間かもしれない可能性は十分にあった。

「お逃げください、エドワルド様」

「嫌だ」

「嫌だって……あ、あの」

　危機的状況下で頭がおかしくなってしまったのかと疑うシエラに、エドワルドは王子らしい優美な笑みをつくってみせる。

金と緑をあしらった華美な衣装に似合う表情だ。

「僕はここにいたいんだ。一番安全だからね」

「……護衛は私を除いて全滅、私も、もう動けそうにありません」

「うん、で？」

エドワルドは首を傾《かし》げる。その拍子にブロンドの髪がさらりと揺れて頬にかかった。まるでこの場にそぐわない、優雅な動作だった。

問い返されたからには、答えなければいけない。分かりきっていることを、シエラはもう一度声に出して言った。

「こんな死に損ないの護衛の傍《そば》にいるのを、『安全』と仰《おっしゃ》いますか？」

「じゃあ訊《き》くけど、僕が誰《だれ》かに助けを求めて、声をかけた相手に問答無用で斬《き》り殺されないって保証がどこにあるのさ」

エドワルドは冷静だ。とても暗殺されかかっているとは思えないほど。グリーンの瞳に感情の乱れは存在しない。

「だったら、確実に味方だと分かっている君の隣にいたほうが安全だ。僕は何か間違ったことを言ったかな」

シエラには反論するだけの気力は残っていなかった。だから静かに首を振る。

たったそれだけの動作で、体中が悲鳴を上げた。

「……分かりました。けれど、私には……あなたをお守りするだけの力が残っていません。なので、とりあえずどこかへ隠れ――」

「うん。じゃあとりあえずさ、死ぬ気で目だけは開けていなよ」

そう言って彼はシエラの髪を引っ張った。飛びそうになった意識を強制的に引き戻される。

「……こんなことをしている暇があるのなら、早く隠れてください」

「君が、目を開けて、僕を見ていてくれるのなら……」

髪を引っ張るエドワルドの手に、力がこもる。わずかでも目をそらすことを許さないとでもいうように。

「そうすれば、少なくとも、僕は最期の瞬間まで完璧に王子を演じ続けられると思うんだ」

頼むよ、とエドワルドは笑う。

彼は動揺しているわけでも、頭がおかしくなっているわけでもないようだった。極めて冷静に状況判断した結果がこれらしい。

「…………っ」

ならば仕方がない。シエラは立つしかない。

立ち上がろうと動いた瞬間に激痛が走った。遅れて感じる、腕をつたう生温かい血の感触。

武器を持つ手に力が入らない。気を抜けば取り落としてしまう。

「ああ、立ち上がってくれるんだ」

緊張感がまるでないエドワルドの声のおかげで、自分たちの置かれた危機的状況を忘れてしまいそうになる。

早く、とにかくどこか確実に安全だと分かる場所までエドワルドを連れて行かなければならない。そこまで連れて行ければ、あとはシエラの身がどうなろうと関係ない。

だが、「確実に安全だと分かる場所」などただの一つも思いつかなかった。

確信を持って「この人は味方だ」と言える人が、誰一人として思いつかない。味方面して近づいてきて、一瞬でばさりと斬り捨てられることもあり得る。

ああ、この人もこういう気持ちなのかもしれない。

広いお城で、誰が味方か分からない。

だとしたら、瀕死《ひんし》の護衛の傍を離れないのにも頷《うなず》ける。

「ねえ、シエラ」

腕をつかまれたことよりも、名前を呼ばれたことに驚いた。一国の王子が、自分の名を覚えているとは思わなかったのだ。最初の顔合わせでたった一度名乗っただけの、さして珍しくもない名前だというのに。

ふり向いたシエラの琥珀《こはく》の瞳に、美しい笑みを浮かべるエドワルドが映る。完璧な王子らしい、完璧な笑みだ。

唐突にシエラは、自分が間違っていたことに気づいた。

本当に怖いのは姿の見えない暗殺者ではなく、目の前の綺麗な王子様だ。

ゆるやかに波打ち白い頬に落ちるブロンドの髪も、純白の手袋に包まれた細く長い指も、透き通るような輝きを宿したエメラルドの瞳も、誰もが一度は夢見る虚構の王子様。

つかまれた腕が、ふりほどけない。視線に絡めとられて身動きができない。じわじわと、心が拘束されていく。

「この絶体絶命の危機を切り抜けて、君と僕がまだ生きていたら、そのときは……」

この言葉の先を聞いたら、もう後戻りはできない。しかし耳を塞《ふさ》いだところで、すでに心は囚《とら》われてしまっていた。

逃げられない。シエラは悟って、静かにエドワルドを見つめていた。


「君、僕のものになりなよ」


静かだった回廊に、遠くから入り乱れた足音が響いてきた。

シエラは手のひらの血を服で拭《ぬぐ》ってから、武器をきつく握りなおす。

回廊の陰から男が二人姿を現した。使用人の服装だ。彼らはこちらの姿を見とめると安心したように笑顔をこぼした。

「ご無事でしたかエドワルド様！」

言いながら駆け寄ってくる。シエラは、すっと目を細めた。

あと三歩という距離のところで、男たちは笑顔の仮面をはぎ捨てた。背中から取り出したナイフをふり上げる。

直後、武器がぶつかり合う金属音が回廊に響いた。

シエラの武器が蛇のようにうねる。先端についたナイフが器用に男の手からナイフを弾《はじ》き飛ばし、取って返して体勢を崩した男の喉《のど》をかき切った。

相手が昏倒《こんとう》したのを見届けて、武器の先端のナイフを握る。接近戦に切り替えてもう一人の男の懐にもぐり込んだ。

あばらが焼けるように痛い。骨が折れているかもしれない。

正確に心臓の位置を貫いたナイフを引き抜くと、さっと振って血を飛ばした。

どうやら敵はこれで終わりにはしてくれないらしい。

回廊の先に、いくつもの人の気配を感じる。まだ倒れるわけにはいかなかった。ふらつく足を叱咤《しった》して、地面をしっかり踏みしめる。

そんなシエラの名を、甘い声がふたたび呼ぶ。

「ねえシエラ」

今しがた目の前で起きた惨事など、まるで意に介していないかのような優しい微笑《ほほえ》みだった。

あくまでも表情は寛大で穏やかで甘い。瞳は優しげだというのに、向けられる視線は有無を言わさぬ強制力を持っていた。

「僕のことだけ考えて、僕のためにだけ働き、僕に尽くして死んでくれ」

眩暈《めまい》がするのは失血多量だからか、それとも傲慢《ごうまん》な王子の言葉に酔ったのか。

悪魔の囁《ささや》きだ。

本物の悪魔と違って甘い仮面をかぶっているぶん、こちらのほうがたちが悪い。あまりに尊大で、あまりに魅力的な言葉だ。この誘惑から逃れるだけの理由が、シエラにはない。

「はい、我が君」

答えた瞬間、疲れきった体に力がみなぎるのを感じた。今このとき、エドワルドを守ることができるのは自分だけだという崖《がけ》っぷちの責任感がシエラを突き動かす。

いつか終わるその日まで、自分だけは、エドワルドを裏切らない。

魂にそう誓ってシエラは武器を振るった。

もう負ける気はしなかった。

彼の誘いを受けたことを、後悔したことなど一度もない。

彼のために戦う。そのことに、欠片《かけら》も迷いなどありはしなかった。

ほかに生きる目的など何一つなかったのだ。元奴隷で暗殺者だったシエラが城仕えの使用人になったのは自分の意思ではなかった。暗闇のなかで途方に暮れていたシエラを導いてくれたただ一つの光が、エドワルドその人だった。

だからシエラは彼に忠誠を尽くす。

全身全霊をかけて、シエラはエドワルドを守る。彼に使い切ってもらうその日まで。

エドワルド＝ウィンフリー、この国の第二王子にして王位継承権第一位の青年。彼にふりかかる火の粉はすべて払いのける。自らの身をもって。

たとえそれが、彼の実の兄、ジャスティン＝ロベラッティであろうとも。

◆◆◆

しだいに重くなるまぶたに逆らいきれず、シエラはそっと目を閉じた。

ふたたび目を開けたとき、時計の針は起きるべき時を遥《はる》かに過ぎてしまっていた。

Ⅱ 不穏な足音

「信じられない、寝坊するなんてっ」

愚痴《ぐち》をこぼしながらも両手はめまぐるしく動いている。

第二王子付きのメイド長である自分が寝坊して朝の会議に遅刻するなど、あってはいけないことだ。

原因は分かっていた。

責任転嫁をするつもりは毛頭ないが、シエラの不調は過去に約束を交わした悪魔、ミハエル＝ファウストが城へ来たときから始まっている。

彼がこんなに長期滞在することはかつてなかった。だからその影響についても未知数だ。

少なくとも、ミハエルが近くにいるせいで昔のことばかり思い出してしまうというのは事実だった。

ふとした瞬間に過去の残像がちらついて気を散らす。

疲労に染まった顔が鏡の中から見返してきて、しっかりしろ、とシエラは自分を叱咤《しった》した。

彼女は第二王子エドワルドに仕える使用人だが、ただの使用人ではない。護衛を兼ねた使用人である。

「貴族の国」と称されるこの国では、無骨な護衛は倦厭《けんえん》される傾向にある。護衛でさえ、装うことを求められるのだ。使用人とは思えないほど豪華な制服に身を包んだ自分を見て思う。

色こそ落ち着いた濃紺と白の組み合わせだが、服を汚すことの多い職種の者に与えられるにしては豪華すぎる代物だ。

手早く髪を結ってから頭に白いレースの飾りをつける。しわ一つないメイド服に身を包んだ彼女は急いで自室を飛び出した。


いつもより廊下が長く感じる。レースをふんだんにあしらった服がやけに足に絡みつく。どんなに急いでいてもまさか城の廊下を全力疾走するわけにはいかない。見咎《みとが》められない程度に早歩きしていたシエラの耳が、回廊で話し込む貴族たちの声を拾った。

「聞きましたか？　ジャスティン様のお話」

ジャスティン、というその名に思わずシエラは足を止める。

噂話《うわさばなし》に花を咲かす貴族の声は明るい。

「もちろん。昨日、城下町で子供を助けたという……あの話でしょう？」

「ええそうです。賊に襲われていた子供を助けて、そのうえ犯人をご自身の手で捕縛なされたとか」

「しかもその賊というのが、城下町を賑《にぎ》わせていた連続誘拐犯だったというのだから！」

その応酬の弾んだ様子から、彼らがエドワルド——第二王子派でないのが知れた。ちらりと視線をやれば、比較的若い貴族たちが興奮した面持ちで顔をつき合わせている。サロンへ移動する間も惜しいようだ。

「賊に母親を殺されたというその子供に、ジャスティン様自ら孤児院を手配されたらしいのですが……」

「その孤児院というのも、ジャスティン様が以前よりご支援されていたところみたいですよ」

「いやあ、素晴らしい！」

「まったく知りませんでしたな！」

「秘密にしている、というのがジャスティン様らしい！」

口々に同意を唱える声が回廊に響く。

このぶんだと噂は城中に広まっていることだろう。

シエラが仕えるエドワルドの、実の兄にして政敵であるジャスティン。そんな彼の武勇や美談はシエラの立場からすれば本来面白くないはずだ。が、彼女が懸念したのはもっと別のことだった。

ふたたび歩調を速めて歩き始めたシエラの目に、よく見知った人物が映る。

今しがた噂されていた張本人、ジャスティン＝ロベラッティその人と、彼の侍従長兼筆頭護衛のマーシャル＝エイドだ。

ジャスティンの背は高い。だいたいの人間は見下ろされる形になる。加えて持ち前の圧倒的な威圧感が、彼をさらに一回り大きく見せていた。

漆黒の髪は弟のエドワルドより癖が強く、波打ちながら頬《ほお》に影を落としている。造作は綺麗《きれい》に整っているが、まとう雰囲気があまりにも殺伐としていて、「綺麗」だと思うより先に「怖い」という印象を与える男だった。

二言三言話しかけるのにもかなりの勇気が要る。彼に話しかけるのが貴族たちのあいだで一種の度胸試しになっているのだ。

回廊の先からやって来る彼に気づいたのはシエラだけではなく、噂をしていた貴族たちもその姿を見とめるなり我先にと駆け寄っていく。

その瞬間ジャスティンの眉《まゆ》がわずかに寄った。気づいたのはシエラと、彼の半歩後ろに影のごとく付き従っているマーシャルだけだ。

貴族たちは少し興奮気味に顔を輝かせていた。ジャスティンの微妙な表情の変化に気づいた者はいない。

「ジャスティン様っ、素晴らしいお噂を耳にしました!」

「なんでも町の子供を連続誘拐犯の魔の手からお救いになったとか……」

「さすがはジャスティン様。剣の腕も一流でいらっしゃる!」

「それに加えて孤児院への寄付も前々からなさっていたとか……私もぜひその孤児院へ寄付さ

せていただきたい」

「私も前々からいい支援先を探していたところで――」

貴族たちに褒められれば褒められるほど、ジャスティンのまとうオーラが不穏なものになっていく。肌にピリピリとした殺気を感じ始めたころ、ようやく取り巻きの連中も第一王子の不機嫌な空気を察したのか、挨拶《あいさつ》もそこそこに散っていった。

その予想できた展開に、シエラは気づかれないよう小さいため息をつく。

一言も口をきかず、視線とオーラだけで貴族連中を追い払ってしまった。彼が王子じゃなかったら面白い特技だと感心するところだ。しかし、ジャスティンは一人でも多くの支持者を集めなくてはならない立場である。

その場を離れようと視線をそらしたところで、冷たい声に引き止められた。

「……おまえ、さっきから何を見ている」

仕方なく、向き直って一礼した。

「おまえじゃなくシエラです、ジャスティン様」

「知っている。おまえの名前などどうでもいい。……わざわざ敵情視察か」

「偶然通りかかっただけですよ。……でも、もっと孤児院支援のことアピールなさってもいいとは思いました」

「口を慎みなさい」

行きすぎた返答を咎めたのはマーシャルだった。

もともと同期で城に入ったぶん、シエラもマーシャルもお互いのことは嫌というほど知っていた。

数年前にそれぞれエドワルドとジャスティンという、いわば政敵同士の下に付くことになったから、仕事上は犬猿の仲であり強力なライバルだ。が、定期的に鍛錬の相手をするくらいの付き合いはあるし、本心からいがみ合っているわけではない。

だからこそ、シエラがこれくらいで怯《ひる》むはずがないのをマーシャルは知っている。

彼女はジャスティンの冷たい瞳《ひとみ》をまっすぐ見つめ返した。

光を受けた彼の瞳は、透かしようによっては青にも緑にも見える。ガラス水晶のような澄んだ瞳だ。綺麗すぎて、まっすぐ見るだけで緊張を強いられる。

「利用できるものは、利用するべきです」

これがシエラの本心だ。

利用できる情報なら利用すべきだ。今回の事件にしても、知られざる孤児院支援にしても、使いようによっては彼の支持率を高めるのに大いに役立つはずだ。黙々といいことをしていればそのうち認められる、などというのは理想論であって、実際には少々過剰気味にアピールするくらいでちょうどいい。

政敵の部下のシエラが言うのは大きなお世話だろうし、捉《とら》えようによっては嫌味に聞こえる

が、決して何か思惑があって忠告しているわけではなかった。

しかし、ジャスティンは鼻で笑う。その表情には苦々しいものが交じっていた。

「なるほど。いかにもあいつが言いそうなことだ。……だが、俺《おれ》はあいつとは違う」

ジャスティンの目に、色濃い殺気が漂い始める。

彼の言う「あいつ」が誰《だれ》を指す言葉なのか、少しでもこの国の政治に興味がある者なら皆が承知している。

「ジャスティン様、お時間が」

張りつめた沈黙を破ったのはマーシャルだった。

ジャスティンは無言で身を翻す。

隠しもしない鋭利な殺気が、シエラの肌をざわりと撫《な》でていった。

◆◆◆

「やっと来たね、シエラ。ずいぶんと遅い出勤じゃないか」

会議室の扉を開けたシエラを待ち構えていたのは、エドワルドの柔らかい笑みだった。

踏み入れた足が、そこで硬直する。

エドワルドの笑みは優しい。優しいが、エメラルドの目は決して笑っていない。

「申しわけございません。遅れました」

深々と頭を下げるシエラの肩から、赤い髪がさらりと垂れる。

会議室にはすでにほとんどの人間がそろっていた。主《あるじ》も部下も準備を終えているところに遅刻してやってくるメイド長など、体裁が悪いことこの上ない。内輪の会議だったからまだいいものの、これが公的な場ならば主人であるエドワルドの面目に関わる。

「最近の君は心ここにあらずだね。ぼんやりしている」

「いえまさか。私の心は常にご主人様の元に……」

エドワルドの笑顔の叱責《しっせき》にシエラもぎこちなく答えかけ、その途中でやはり心が折れる。

「……すみません」

「本当だ。メイド長が遅刻などたるんでいる」

表に出さないエドワルドに代わって口を開いたのはハルキア＝ガナッシュだった。

副メイド長でありシエラの副官という立場の彼女は、決して追及の手を緩めない。肩口で切られた黒髪は彼女によく似合っていたが、厳しい印象を与えるのにも一役買っていた。

「本当に、おまえは最近たるんでいるぞ」

「ごめん」

「まったく……、仕方のない奴《やつ》だな」

その声にため息が交じる。

シエラはハルキアには頭が上がらない。

それは彼女の指摘がいつも正確すぎるほどに正確だからでもあるし、裏にシエラに対するたしかな愛情があるからでもある。

仕事の上だけでなく、プライベートでもハルキアはシエラの大事な人だ。公私を超えて、シエラを助けてくれる。

出会ったときから今までずっとシエラが信頼している者の一人だから、彼女からの苦言は素直に聞いてしまう。端《はな》から反論しようという気が起きない。

もう一度頭を下げたシエラの背後から、突然甲高い声が上がった。

「副メイド長、あんまりお姉さまをいじめないでくださいな。リリー、悲しくなっちゃいます」

わざとらしく嘆いて見せたのはリリー＝カペラというメイドだ。

小柄でふわふわした印象の、可愛《かわい》らしい女の子である。カールした髪が何か話すたびに肩口で揺れている。

甘ったれた話し方を差し引いても、とてもシエラに次ぐ戦闘能力の持ち主には見えない。普段の可憐《かれん》な姿からはおよそ想像できないが、戦闘時にはその細い両腕で大きな斧《おの》を自在にふり回す。

話がそれで終われば「少々珍しい女」で済むのだが、リリーはさらにこの国の侯爵家の出身だった。

カペラ侯爵家には二人の子供がいる。そのうちの一人がリリーだ。

カペラ家と言えば国の重鎮の一つで、由緒正しき侯爵家の令嬢が使用人になったという噂は当時社交界を大いに賑わせた。

「いじめるって……、私は遅刻してきた上司に諫言《かんげん》しているだけだぞ」

やや遅れて、ハルキアが言い返した。呆《あき》れているのが声で分かる。

「お姉さまだって反省なさっています。もういいじゃありませんか」

「よくない。エドワルド様も仰《おっしゃ》ったが、最近ぼんやりしている。もっと言えばたるんでいる。もう少し強く言ってもいいくらいだ」

「謝罪したのに、これ以上どうしろと言うんです？　人前で責められて、お姉さまが可哀想《かわいそう》」

「どこをどう考えたらそういう考えに行き着くんだ。可哀想じゃない、こういうのは自業自得と言うんだ！」

どう贔屓目《ひいきめ》に見てもハルキアの言葉が正しい。リリーの言い分はめちゃくちゃだ。かばわれているのか、遠回しに責められているのか分からない。

どうしたものか、と小さくため息をついたシエラに、周りのメイドたちが慌てて声をかける。

「メイド長っ、私たち気にしていませんよ！」

「お疲れなんですよね。今度いい薬草を持ってきます」

「そうそう。疲労に効くって、メイドのあいだで今流行っているのがあるんですよ」

「人前で責められて」というリリーの言葉のせいで、ほかのメイドたちが気を遣ったようだった。逆に居たたまれなくなりながらシエラは「ありがとう」と苦笑する。

この場にそろったエドワルドの護衛兼使用人は女ばかりだが、配下には男ももちろんいる。共通しているのは、一見したところ体力勝負の護衛には見えないという点だ。

この国の貴族たちは自身の護衛にあからさまに護衛だと分かるごつい男がつくのを好まない。同じ男であっても礼儀作法を身につけた綺麗どころを求める。

我が身は可愛いから常に護衛はつけていたい。けれど臆病《おくびょう》だと思われたくないから、いかにもといった風の護衛を侍《はべ》らせておきたくはない。

そういった体面重視の考え方が、シエラのようなメイド兼護衛という役職を生み出した。

シエラも主であるエドワルドの体裁には気を遣う。だが、この場で部下に気を遣ってもらいたいと思うほど傲慢《ごうまん》ではないつもりだ。この場合はちゃんと咎められたほうがすっきりする。

ハルキアだけが、険しい顔をして怒ってくれた。

「おまえたちも少し気にしろ。甘やかすから遅刻なんて失態を犯すんだ。……嘆かわしい」

「だからっ、もういいじゃありませんか！　くどくどと声高にお説教だなんて！　お姉さまに対する嫌がらせですわ！」

「声高なのはおまえだリリー。きゃんきゃんとさっきからうるさい。耳が痛くなる」

リリーの無茶苦茶な反論を、ハルキアは動じた様子一つ見せず一蹴《いっしゅう》する。

注意しているハルキアよりも、擁護しているはずのリリーのほうがシエラの失態を印象付けている気がするのは気のせいではないだろう。

これだけ騒がしいところを見ると、つまり、会議の大事な部分はすでに終わってしまったに違いない。でなければいくら仲が良くてもこんなに騒げるはずがない。

結局、シエラは本題には間に合わなかったわけだ。

がっくり肩を落としながら、まだ言い争っているハルキアとリリーを見やる。

同じような地位についているが、二人の身分は正反対だ。

ハルキアはシエラと同じ、奴隷出身の成り上がり。対するリリーは侯爵令嬢という高貴な出自。

異例なのはリリー＝カペラだった。

護衛職は命に関わるような危険に絶えず晒《さら》される仕事である。だから就く人間のだいたいの者が身分は低い。

危険は高いが意外に人気は高い職業で、難関な試験を突破しなくてはこの場に立つことは許されない。

きわめて高額な給金目当てか、華々しい舞台裏に携わりたいか、ほかに選択肢がないかのどれかが志望の理由のほとんどだ。

ではリリー＝カペラの場合はどうかというと、そのどれにも当てはまらない。

彼女がこの職を志望したのは、ひとえにシエラ＝ロザンの下で働きたい、といういささか情熱的で非現実的な理由ゆえだ。別に金に困っていたわけでも、貴族の社会に憧《あこが》れていたわけでも、この道以外の道が閉ざされていたからでもない。

彼女はカペラ侯爵家の令嬢で、一生遊んで暮らせるだけの財力があり、貴族の社会こそが彼女の生きていた場所で、王族との婚姻さえ望める道があった。

そのすべてをふり切って、リリーはシエラの下で働こうとしたのだ。

王子との婚姻よりも、王子の使用人の立場を彼女は選んだ。

シエラとて、情熱を評価の対象にするほど馬鹿《ばか》ではない。だから採用試験は一切の不正を許さず行った。一握りの人間しか残らない難関だ。

だが彼女は強かった。

見事な実力を見せつけてリリーは採用試験をクリアした。

試験をパスしたといっても、最終的に採用するかどうかの決定権はシエラが握っていた。侯爵家の令嬢という立場の彼女を採用すれば、何かしらトラブルが起こるのは予想できたのだが、結局シエラはリリーの実力をとった。

案の定、当時カペラ侯爵家では大変な騒動が起こったのだが、どういうわけかリリーは勘当もされずに済み、現在に至っている。

それというのもすべては、次期侯爵であるとともに彼女の兄であるブライアン＝カペラが、全面的にリリーの味方をしたからだ。ブライアンは妹のリリーを溺愛《できあい》していて、彼女に会いによく使用人の控え室にやってくる。最初は応対に困ったものだが、今では彼が訪ねて来るのにも慣れてしまった。

そういった騒ぎを許容できるくらいにリリーは護衛として有能だったのだ。有能なのだが、少々問題がないこともない。

「副メイド長はお姉さまに対して冷たすぎます！」

まだ言い合いは続いているらしい。

「……こいつはメイド長であるとともに護衛長でもあるんだぞ？　か弱いご令嬢か何かと勘違いしてやしないか？」

「そんなこと百も承知です。そう、お姉さまは護衛長様です。大任についていらっしゃるお姉さまを労《いたわ》るのは部下の務めというもの」

「私たちが労るのはエドワルド様であってこいつじゃない」

「そういうところが薄情だというのです！　わたくしはお姉さまのことも労りますわ！　ああ、腹心である副メイド長に気遣ってさえもらえないなんて可哀想なお姉さまっ！」

「おまえと話していると頭が痛くなってくる。……だいたい、なんだその呼び方は。直せと言っているだろう。メイド長と呼べ、メイド長と」

「あら、副メイド長だってお姉さまのことを名前で呼ばれているじゃありませんか！　どんな呼び方をしようとリリーの自由ですわっ」

「言った端からおまえは……。私は付き合いが長いし副官だからいいんだ。それに、シエラ自身も了承している」

どう考えてもハルキアの言っていることが全面的に正しいのだが、リリーは一向にへこたれない。それどころか自信に満ちた言葉のおかげで、理論は破綻《はたん》しているのに言いくるめられそうになる。

彼女に真っ向から反論を浴びせかけられるのはハルキアだけだ。

「ああっ、今、お姉さまとの付き合いの長さをさらりと自慢しましたわね!?　……ふふん、でっ、でも新参のわたくしのほうがお姉さまに可愛がられていますもの！」

「くだらないことで張り合おうとするな。私は可愛がられなくていいし、つまらないことで張り合う気もない」

ハルキアの言葉に反応するように、どこからか「私は張り合いたいな」と声が上がる。続いて始まった「誰が一番メイド長に優秀だと思われているか」という議論の盛り上がりようが、完全に朝の会議が終わっていることを証明していた。

周りの楽しそうな雰囲気とは裏腹に、シエラの心は深く沈んでいく。遅刻した、という事実が改めて心に重くのしかかってきた。

　夢見が悪くて、なんて言い訳にもならない。

「もてるね、シエラ。僕の使用人にはメイドが多いからハーレムだなんて揶揄《やゆ》されることもあるけれど、僕じゃなくて君のハーレムじゃないか」

「よしてくださいよ」

　ずっと黙って成り行きを見守っていたエドワルドが笑みをこぼす。

　一見すると楽しんでいるようだが、よく見ればそのエメラルドの瞳は笑っていない。

「……怒っていますよね」

「遅刻はいけないことだからね」

　さらりと言葉が返ってくる。ハルキアと違って、エドワルドは理由を追究してこない。その無言の責め方がシエラにもっとも効くと知っているからこそ、彼はそれ以上何も言わないのだ。

　言い訳をさせるような優しさをエドワルドは見せない。

　同じ責めるにしても原因を追究するハルキアとは大きく異なる。

「愛する君のすることとはいえ、すべてを無条件で許せるわけじゃない。注意すべきところはしないとね」

「愛する」という言葉に周囲が困惑するのが分かった。

　シエラの身が縮こまる。

「いけないことだよ。いくら僕が君を好きでもね。遅刻はいけない」

これはエドワルドなりの嫌がらせだ。さらりとシエラに対する好意を言葉に交ぜて、周囲が戸惑うのを笑って見ている。

「す、すみません」

これ以上の嫌がらせを遮るべく、シエラは深々と謝罪した。

◆◆◆

使用人たちがそれぞれ持ち場につくため解散してしまうと、賑やかだった会議室は一気に静まり返った。

部屋にはシエラとエドワルドの二人だけが残っていた。沈黙のなかで、口に出さずとも相手の意が手にとるように分かった。

「で?」

エドワルドの問いは恐ろしく短かったが、シエラにはそれで十分だ。

「ジャスティン様の噂についてですが」

「ああ、そのことか」

「もうご存じで?」

顔を上げたシエラに、エドワルドは楽しそうに笑いながら「うん」と頷《うなず》いてみせる。

「噂は概《おおむ》ね事実だよ。寄付もね、隠れてずっと行っているみたいだ」

「それは……模範的な誠実さですね」

隠れて行う寄付に、果たして第一王子として意味があるのか。

「本来の寄付の精神には沿っているよ。兄上らしい。誘拐犯を撃退したっていうのも事実だよ。兄上は本当にすごい。……王子っていうより剣士とか騎士だよね、あれはもう。ちょっと冗談みたいに強すぎる」

そう言って笑うエドワルドは、自慢の兄のことを嬉《うれ》しそうに話すただの弟の顔をしている。そこに敵意や悪意など微塵《みじん》もなく、あるのは家族に向ける親愛の情だけだった。

「鍛え抜いているうちにあんなに強くなっちゃったんだよ？　兄上ってすごいと思わない？」

「そうですねえ」

「でしょ。可愛いよね、あの人」

「それは……どうでしょうねえ。第一王子だというのに、ちょっと迂闊《うかつ》だとは思いますけど」

迂闊、というのが可愛いに繋《つな》がるのだとすれば、同意できる。穿《うが》った返答をしたシエラに、エドワルドは眉をしかめてみせた。

「む。そんなふうに言わないであげてよ。迂闊という意味じゃなくても、可愛い人だよ」

「は、はあ……」

シエラが曖昧《あいまい》に首を傾《かし》げても、エドワルドはにこにこ楽しそうに笑っているだけだ。むしろ、可愛いのはエドワルドのほうだと思う。彼はジャスティンのことを平気で可愛いと言うくせに、自分が言われると子供みたいにむくれるからシエラは口をつぐんでいる。

兄のことを話すとき、エドワルドの緑の目は楽しそうにきらきら輝く。

ジャスティンの冷たい態度とは大違いだった。

貴族たちが二人の王子のことを裏でなんと言っているかシエラは知っている。もちろんエドワルドやジャスティンも知っているだろうが。

エドワルドは光で、ジャスティンは闇《やみ》。

くだらない喩《たと》えだが印象を忠実に表現しているのは否めない。

現国王という同じ父親を持っていても、二人は対照的な王子だ。まさに対極に位置する、国にたった二人しかいない王家の世継ぎ。

この国は豊かな国だ。国力はあるし、人々の生活水準も意識も高い。だが独立した国ではなく、ルクソーヌという大国の支配下にある属国である。

かつては帝国だったというがその面影はすでに薄れ、今は名もない一属国だ。本国のルクソーヌは属国に対して干渉してくることはない。ありがたいことに理解ある放任主義で、今回の二人の王子の王位争いにも直接なにか手を出してくる気配はない。

第一王子のジャスティンが兄ということは事実だが、彼に与えられたのは王位継承権第二位の座で、第一位は弟であるエドワルドが有している。

それもすべてはジャスティンの母親の身分が低いせいだ。

王の愛人だった彼女は生まれた子供と王宮の外でひっそりと暮らしていたが、やがて来た王の使者がジャスティンだけを連れて行き、結局母子は離れ離れになった。

だから彼は物心つくまでを王宮の外で過ごしている。

完璧《かんぺき》な貴族に染まるには、彼は長く外の空気に触れすぎている。化かし合いの横行する貴族社会では、ジャスティンの潔癖さはかえって欠点となっていた。


彼の母親はもうこの世にはいない。

同様に、エドワルドの母親ももう生きていない。こちらは何者かに暗殺されたのだが、一時はその疑いがジャスティンにかかった。

それほどに、兄弟の仲が悪いのが周知の事実となっているのである。

シエラがエドワルドの使用人になりたてのころには、すでに二人の仲は修復不可能なまでに険悪化していた。

今のような冷戦状態ではなく、廊下で出会えば殺し合いに発展する可能性をはらんだもので、最初からシエラにとってのジャスティンは主の敵だった。

向けられる殺気とは裏腹に、エドワルドはジャスティンを兄として慕っていて、当初はその温度差に戸惑うこともしばしばあった。

昔は仲むつまじい時代もあったらしいが、今では微笑《ほほえ》ましい光景など想像するのも難しい。

過去のことは知らないが、シエラにとっては目の前のジャスティンがすべてだ。彼が弟に向ける視線はいつも氷のように冷たい殺気を漂わせている。

実際、ジャスティンは何度もエドワルドの暗殺を試みている。それを阻止してきたのはほかならぬシエラだ。

もしエドワルドが死ねば、黒幕がジャスティンだとしても彼が王位を継ぐしかない。二人の兄弟以外にこの国に世継ぎはいないのだから。

母親の身分が高いエドワルドには、生まれたときから親族という有力な貴族たちが後ろ盾になっている。その代わり敵も多く、エドワルドの敵が支持するのはジャスティンだ。

ジャスティンは無口で威圧感があるが、悪い男ではない。彼に心酔して王にと望む声も少なからず存在する。

つまり、王位継承権第二位の彼にも王座への道が残されているのである。

王はまだ正式な場で次期王を明言していない。

いや、仮に明言されていたとしても、エドワルドが消えてしまえば自然と玉座を継ぐ者は決定する。暗殺が暴かれれば国賊として死刑だが、ジャスティンはやるとなれば証拠など残さないだろう。

どちらかが死ねば、残る王子はただ一人。

「明日には国中の貴族連中が、兄上の噂を耳にしているだろうね」

不意にエドワルドが呟《つぶや》く。シエラは軽く頷いた。

「そうでしょうね。珍しい第一王子の心温まるエピソードですから」

「僕の支持者たちはさぞ面白くないだろうね。特に僕の一族って優秀で行動が速いからさ」

「………」

無言のうちに肯定する。エドワルドが何を言いたいのか、シエラには既に分かっていた。だからその琥珀《こはく》の瞳を伏せ、柔らかな深紅の絨毯《じゅうたん》に片膝《かたひざ》をつく。

「では、ジャスティン様に危害が及ばぬようしばらく注意しておきます」

ジャスティンの株が上がれば、必ず彼を消そうとする動きがあるはずだった。そしてジャスティンを邪魔だと考えるのは、エドワルドの支持者にほかならない。本来なら彼の味方になるはずの親族や、取り巻きの貴族たち。

エドワルドはそれを承知でシエラに命令を下す。

シエラは軽く目を伏せ口を開く。

「もし、ジャスティン様に手を出そうという者があれば、その者をつきとめ……」

エドワルドは完璧な王子だ。決して優雅な笑顔は崩さない。シエラの主は誰よりも王子らしい王子だ。

「確証を得られしだい、処分します」

主の望みはこれで合っているようだ。

その証拠に、彼は満足そうに微笑んでいた。

◆◆◆

会議室を出て持ち場へ向かっていたシエラの目が、こちらへ向かってくる一人の男の姿を捉えた。捉えた瞬間、彼女は回れ右をして今来たほうへ引き返そうとする。

「おはようメイドさん！」

「………」

後ろから追ってくるやたらと明るい声を無視して歩き続ける。呼びかけられたのは自分ではない、と思いたかった。

たとえ回廊に、自分以外のメイドの姿が見えなくとも。

「ちょっとちょっと、メイドさーん。メイドさんってば！　……シエラっ、待てってば！」

名を呼ばれてとうとうシエラは足を止めた。観念してふり返るが、最後の抵抗と言わんばかりに表情は硬い。

そこにいたのは、いかにも魔法使い、といった出で立《い》ちの青年だった。

いかにも魔法使いの持ちものという感じの長い杖《つえ》をぶんぶん振ってこちらへ歩いてくる。

濃い青色のマント自体はシンプルだが、首元や肩口、手首にあしらわれた紅玉とそれを縁取る金色のせいで見た目は派手だ。茶色の髪がはねているのも、人懐っこく笑う紫の目も、彼をどことなく軽い男に見せていた。

その姿を見ただけでシエラの胸がざわつく。衝動的に殴りたくなるのを理性で抑えた。

この城の客人、マイセン＝ヒルデガルド。旅程の途中でここへ立ち寄り、調べ物をすると言ってもうずいぶん長い間滞在している男だ。

信じられないことに、マイセン＝ヒルデガルドはルーンビナスという魔法王国の王子だ。こんな男が王子かと思うと、他人事ながら彼の国の今後が心配になる。もっとも、マイセンに国を継ぐ気はないようで、王宮を妹に任せて大陸各国を放浪中だという話だ。

差し当たっての目的地はルクソーヌ。

自身の調べ物のために親しかった間柄のルクソーヌの女王に連絡を取ったらしい。

そもそも、なぜこんな軽い男が女王陛下と親しいかというと、二人は名門と名高いシンフォニア高位魔法学校の学友同士らしい。というより、恋人だったらしい。にわかには信じがたいが、どうやら事実のようだ。

シエラは本国女王の趣味がさっぱり理解できなかった。この男のどこがよかったのかまったく分からない。

いくら昔の恋人同士といっても、一国の女王に連絡をつけるというのは重大なことだ。自分で約束を取りつけたというのに、マイセン＝ヒルデガルドは寄り道ばかりしていて、一向に旅立つ気配がない。

ルクソーヌからはるばるマイセンを迎えに来て、道中彼の護衛を務めることになった不幸な男ロナウス＝エッカートは、毎日のように出立を催促している。

ロナウスの気持ちが、シエラには痛いほどよく分かった。

主人である女王のもとをこんなに長く離れることになろうとは彼も考えていなかっただろう。この城のずっと奥の回廊に、女王の大きな肖像画が飾ってある。シエラはロナウスがよくそこへ通っているのを知っていた。

毎日のように飽きずに通い、小一時間ほど動きもせずに肖像画に魅入っている。絵のなかの、自らが仕えるべき主に。

彼はそれくらい時間を持て余し、ルクソーヌに帰る日を待ち望んでいる。

あまりにも暇なせいで昔馴染《なじ》みのシエラにちょっかいを出してくるのも日常だ。そのちょっかいが害にならないものならばシエラも無視するが、どうにもきわどい線をついてくるのがロナウスだった。

彼に同情はするが、シエラだって黙って八つ当たりされるようなお人好《ひとよ》しではない。

マイセンのせいで無関係のシエラにまで被害が及んでいる。

だから会えば言うことは一つ。

「あんた、はやくこの城から出てってよ」

辛らつな言葉も、この魔法使い相手ならば平気で言えてしまう。大変不本意なことだが、シエラはマイセンとの付き合いも長い。

睨《にら》むように見つめる先で、マイセンはわざとらしく嘆いてみせた。

「せっかくこの広い城んなかで出会えたのに酷《ひど》くない？　メイドさん」

「そんなふうに呼ばないで」

「じゃあシエラ」

「あんたに名前呼ばれたくない」

「じゃあどう呼べばいいんだよ」

「呼ばなくていい」

「あちゃー……。相変わらず冷たいなあ」

苦笑しながらマイセンは頭をかいた。

言う割に落ち込んでいるわけでも困っているわけでもなさそうで、それがまたシエラの癇《かん》に障るのだ。

だが一番気に入らない点は、マイセン＝ヒルデガルドが魔法使いだということ。魔法使いである、ただそれだけでシエラのなかでは忌避する対象である。

この城にはもう一人、オランヌ＝バルソーラという魔法使いが住んでいるが、それもいつから住んでいるか分からないほど大昔からいる。それこそ化け物といってもいい生物だ。

それだけ長く生きているというのに、歳《とし》もとらず姿は青年のまま変わらない。気味が悪いことこの上ない。

オランヌ＝バルソーラとまではいかずとも、魔法使いは得体が知れないし、いろいろ反則技を使う。鍛錬に鍛錬を重ねて習得した技も、魔法使いたちにかかれば杖を一振りするだけで軽くあしらわれてしまうのだ。もっとも、そう簡単に魔法は体得できないというが、これが嫌わずにいられようか。

暗殺者時代に刷りこまれた魔法使いへの本能的な嫌悪感は、シエラの根幹に深く根ざしている。エドワルドの護衛になってからも、それは消えはしない。

シエラは嫌々ながらマイセンに向き直ると、メイドが客人に対するように慇懃《いんぎん》な礼をした。

仕草は完璧だが、表情は氷点下だ。

「じゃあ、用がないなら私仕事があるから」

「仕事ねえ……兄弟で王位争いっつーのも大変だなあ」

「……余計なお世話よ」

険を含んだシエラの返答にも、マイセンはただ笑うだけ。この男はどうも口のしまりが悪いらしい。

「俺のとこは兄妹そろって仲良しだぜ」

「あんたのとこの事情なんか聞いてないし、聞きたくもない」

冷たく答えたときだった。

殺気がざわりと背中を撫でたと同時に、どこか懐かしさも感じてシエラはふり返る。案の定、そこにいたのは見事な金髪の青年。

「君ってば、僕のマイセンになんて口きいているわけ？」

開口一番、金髪の悪魔は不機嫌そうにそう言い放った。

「……ミハエル」

「信じられない。君、マイセンにそんな態度とるなんて。下等な人間のくせに」

「マイセンもその下等な人間の一人よ」

シエラは小声で反論する。

ミハエルは耳ざとく聞きつけて嫌そうに眉を歪《ゆが》めた。

「マイセンは下等じゃない。マイセンはすごいんだ」

「でも人間はみんな下等なんでしょ？」

「そうだよ。人間なんか下等でみじめで卑小な生き物だ」

「じゃあマイセンはどうなのよ」

「マイセンはすごい。マイセンはすごくてすごいからすごいんだ。すっごくすごい」

シエラとミハエルの不毛なやり取りを、当の本人であるマイセンは困ったように見守っている。ミハエルはこのとおり盲目的に契約相手のマイセンを信仰している。本当に、宗教みたいだ。

だがシエラのほうが、この悪魔との付き合いは長い。

一緒にいる時間は比べものにならないが、ミハエルの思考がどんな構造になっているか、その端っこの部分くらいは知っている。

「マイセンも人間だったら結局同じよ。下等でみじめで卑小な生き物だわ」

「君って馬鹿？　マイセンがそんなもののはずないじゃないか。マイセンはすごい人間で……あれ？　でも人間はみんな愚かで、でもマイセンは愚かじゃなくて……でもマイセンは人間で……」

「じゃあ、マイセンって人間じゃないのかもね」

助け舟を出すように口を挟む。後ろで「ちょっと待て」とマイセンが声を上げたのを無視した。

混乱して不機嫌になっていたミハエルの表情が、ぱっと晴れわたる。

「ああそうか！　マイセンって人間じゃないのか。それなら話が分かるよ。だから愚かじゃないんだね。人間なマイセンもいいけど、人間じゃないマイセンも僕好きだよ」

「違う俺は人間だ！　俺は愚かじゃない普通にカッコいい人間なのっ！」

「え、でも……」

「でももなにもない！　俺は下等でもみじめでも卑小でもない普通の人間なの！」

マイセンに押し切られて、首をひねりながらもミハエルは頷いた。

危うく人外の存在にされそうになった魔法使いは、そう仕向けたシエラをじろりと睨む。シエラは一度睨み返してからふいっと顔を背けた。

初めて出会ったあの日から今まで、ミハエルは気まぐれにシエラに会いに来ては姿を消した。そのまま一年以上音沙汰《おとさた》なしのこともあったし、逆に何日も連続で現れることもあった。

そしていつだったか、マイセン＝ヒルデガルドと契約を交わして彼と行動を共にするようになったのだ。

ミハエルはマイセンと離れない。

マイセンがこの城に長期滞在することにすれば、ミハエルも自然にくっついてくる。マイセンに言われれば留守番くらいはできる彼だが、長い間、契約相手である魔法使いから離れることはまずあり得ない。

今までこんなに長期間ミハエルがひとところに、つまりシエラの傍《そば》にいたことはなかった。

おかげで最近は昔のことばかり思い出して寝不足な日々が続いているのだけれど、不思議とこの悪魔の存在に安心している気持ちもあって、自分のなかの感情が判然としない。

ミハエルは待っているのだ。シエラが「代償」を払う最期の日を。


——女として生きていくのか。腕一つで生きていくのか。


あの日、シエラは「道」を選ぶことになってしまった。

我がままな道を選んだからなのかは分からないが、代償もそれに比例して大きなものになった。


——死後、君を僕のものにする。

ミハエルはたしかにそう言った。死後のシエラの魂を代償として選んだのだ。

シエラが死んだら、迎えに来る、と。交わしたのは契約ではなく、約束。

悪魔がその気になれば破ることも可能なただの約束だが、彼はそれを忘れない。

シエラはまだ死ぬつもりはなかった。職が職だから、いつ死んでもおかしくないという覚悟は常に持っている。でも、そう簡単に死んでやるつもりはない。

エドワルドを王位につけるまで……、いや、彼に最後の最後まで使い切ってもらうまでは死ぬわけにはいかない。

そうやって擦り切れるまで働ききったら、ミハエル＝ファウストがシエラの魂を迎えに来てくれる。彼の住まう地獄へ連れて行ってくれる。

たくさんのものを踏みつけて捨ててきた自分には上等すぎる結末だ。


無言で悪魔を見つめていたシエラの肩に、マイセンがぽんと手をかけた。

「相変わらずメイドさんは冷たいなー。ちょっとは歩み寄りってものをだな」

「あんたに歩み寄りたくなんかないの。放っておいて」

この魔法使いは突っぱねても突っぱねても、落ち込んだふりをしておいて次の瞬間にはまた近寄ってくる。うんざりしながら言い返すと、今度はミハエルから馬鹿だの愚かだの文句を言われる。無限の連鎖なのだ。

その不毛な連鎖を断ち切るべく、すべて無視して立ち去ろうとしたが、マイセンはおかまいなしに弾んだ声で引き止めた。

「なあなあメイドさん！　俺んとこの妹の話聞きたい？　なあなあ、聞きたい？」

「うるさい。聞きたくない」

「早っ。いやでもほら、兄弟円満の秘訣《ひけつ》とかが分かるかもしれないぜ？」

こんな兄を持って、それでも仲がいいという妹がいったいどんな人物かは気になるところだが、マイセンと仲がいいならたぶん普通の姫君ではないのだろう。

興奮したようなうざったい視線を向けてくるマイセンをシエラは睨む。不意に、ずっと黙っていたミハエルが口を開いた。

「マイセンマイセン、人間は愚かな生き物だから仕方ないよ。血のつながった者同士が対立したり殺し合ったりするなんてありふれているよ。本当に、馬鹿ばっかり」

ミハエルの言うことは突飛なことが多いが、今回ばかりはシエラと同意見だ。

「そうよ。あんたの言う兄弟円満の秘訣なんか、どうせろくでもないでしょ」

「……いや、ほんと冷たいよなシエラは」

「あんたんとこみたいに平和な国じゃないのよ」

「まあ、女神に守られているらしいからな」

「うらやましいかぎりね」

「……そう、いいものでもないけどな」

不意に落ちた声のトーンにつられて、シエラはマイセンを横目で見やる。何か思うところがあるようだが、わざわざ突っ込むようなことはしない。

マイセンはああ言うが、兄弟で覇権を争うなんて王宮ではありふれた日常茶飯事であり、ある意味必然だ。

二人の王子に、玉座は一つ。

だがそれが「女神不在の国」であるがゆえだと陰口を叩《たた》く者もいる。

女神の加護がないゆえだ、と。

このフルークハーフェン大陸には女神信仰が深く根ざしている。

真実がどうであれ、伝承では、大陸にある主要な二十五の王国はそれぞれ二十五の女神の加護を受けているとされている。下町の子供でも知っている常識だ。

マイセンの国ルーンビナスはその二十五の国のうちの一つ。女神ローレイに守護されている豊かな魔法の国である。

属国であるこの国に女神はいない。本国ルクソーヌの女神が寛大で、属国にまで庇護《ひご》の手を伸ばしてくれるのなら話は別だが。

ルクソーヌの現女王エルランジェの姿はシエラも何度か目にしたことがある。式典でエドワルドに同行し、かなり間近で声を聞いたこともある。が、実際にどういう人物なのかは分からない。馴染みのロナウスが仕えているといっても女王は女王で、それ以上でも以下でもない。

ただ、彼の女王に対する忠誠というか心酔具合が並大抵ではないのをよく知っていた。

その情熱を目の当たりにするたびに、シエラは自分のエドワルドへの思いを考えずにはいられない。

ロナウスと形は違えど、シエラのエドワルドへの忠誠も際限がない。

エドワルドはシエラにとって自分の命そのものだ。抱いている想いに名前をつけようとすることが不可能なほどに、彼女にとってエドワルドの存在は大きい。

彼が望むならなんだって叶《かな》えたい。

たとえそれが玉座であっても。

この国に女神の守護はないが、それでも恵まれているのに変わりはなかった。女神不在でも綺麗な国だ。高台から街並みを見下ろせば一目で分かる。

町並みは整っていて、人々の身なりも華やかで明るい。

たとえ一つの王座をめぐり血の繋《つな》がった兄弟で争おうと、裏では「血で築かれた国」と呼ばれていようと、それらすべてを覆い隠し、そ知らぬ顔をしていられる力がこの国にはある。

そうやって綺麗に装った王宮にも駆け引きや謀略は蔓延《まんえん》していた。

日常こそが戦場だ。下らない腹の探り合いを笑顔で交わしていかなくては、この国で貴族はやっていられない。

だから、王座はエドワルドにこそふさわしい。

シエラは強く確信する。

完璧な笑顔と社交術、そして徹底的な残酷さを兼ね備えた彼にこそ、この国はふさわしい。

エドワルドに王位を。

でもそれは、彼の兄を退けなければならないということだった。

死角を狙《ねら》って飛んできたナイフを、シエラは見もせずに叩《たた》き落とす。

彼女の武器は一風変わったもので、蛇のようにうねったかと思うと、先端についたナイフが器用に背後の男の首筋を撫《な》でていった。

次の瞬間、ばっと勢いよく鮮血が噴き出す。

「お怪我《けが》はないですか？」

シエラは言いながらあたりの気配を探る。倒した暗殺者は三人。やむを得ず一人は殺してしまったが、リーダー格の男に与えた傷は致命傷には至っていない。

足元で喘《あえ》ぐように呼吸をしている男を、シエラは無表情で見下ろした。とりあえずの生命活動に支障はないだろう。

彼らには、まだ死なれては困る。

シエラ相手にはいささか役不足だが、よく連携の取れたなかなかの手練だ。背後の黒幕が誰《だれ》かを探る必要があった。

こういったことが、第二王子の護衛頭である彼女の日常だ。

ただ一つ交じった非日常は、今、隣にいる男が主のエドワルドではないということ。

ちらりと横を見やれば、ジャスティンがいつもの仏頂面で立っていた。シエラは気づかぬふりをして口を開く。

「こういうことがあるから、お一人で外出なんてもってのほかなんですよ」

「……なぜ、おまえがこんなところにいる」

やっと口を開いたジャスティンの声は、押し殺しているぶん凄味《すごみ》が増している。普通の女なら、薄暗い路地裏という状況と相まって、それだけで泣いていてもおかしくない。

シエラはナイフの血を拭《ふ》きながら答えた。

「たまたま、偶然ですよ」

「たまたま、偶然、俺《おれ》の暗殺現場にあいつの腹心が居合わせるのか」

「絶対あり得ないとは言い切れないでしょう？」

血をすっかり拭《ぬぐ》い取ってしまうと、武器を折りたたんで服のなかへしまう。

幸い、服の目立つところに血はついていなかった。ラフな私服は洗えばまた着られるだろう。

服の一着や二着、駄目にして困るような生活はしていないが、無駄な買い物は好きではない。

シエラの核心をぼやかした返答にジャスティンは満足していないようで、沈黙がピリピリと肌を刺す。

彼が納得しないのも当たり前だ。本来なら勤務中のシエラが、偶然私服で街中にいるはずがない。表通りで出会うならまだしも、こんな狭く入り組んだ裏路地でジャスティンに遭遇する確率などそうとう低い。

エドワルドに、「注意しておくように」と命じられてから日を置かずしてジャスティンがたった一人、供も連れず外出したと情報が入れば嫌でも急いで駆けつけるだろう。

案じたとおり、彼の外出を狙って何者かが暗殺者を差し向けた。

ジャスティンの剣の腕は護衛顔負けだと聞いていたが、供を一人もつけずに一国の王子が外出など、聞いただけで眩暈《めまい》がする。

「とにかく一度城へ戻りましょう。後の処理はこちらで手配しますから。一人で外出なんて危険です。あなたに何かあったら……マーシャルだって泣くに泣けないですよ」

そう言って見上げたジャスティンの瞳《ひとみ》は、光の加減だろう、今は完全に青い。

シエラの言ったことを聞いているのかいないのか、彼はふいっと横を向くと吐き捨てるように呟《つぶや》いた。

「一人でもなんとかできた」

「…………ジャスティン様」

一瞬言葉を失ったシエラだったが、一拍おいてふつふつと怒りがこみ上げてくる。

使用人にとって主《あるじ》は絶対の存在で、主に何かあったら自らの命もない。というより、その瞬間に世界が暗転するくらいの存在なのだ。それがジャスティンには分かっていない。

彼に心酔しているマーシャルの顔が思い浮かんで、消えた。

「いいですかっ、ジャスティン様。いくらジャスティン様がお強いといっても、上には上がいるのです。それに、相手がいつも真正面からやってくるとは限らないんです。ジャスティン様が想像もつかないような卑怯《ひきょう》な技を使うかもしれませんし、とんでもない大人数で来るかもしれません。なにかあってからでは遅いんです。少しは、マーシャルたち使用人の気持ちもお考えください」

一息に言ってしまってから、シエラはハッと我に返る。

いくらなんでも政敵の使用人が忠告するようなことではない。思ったままを言いすぎたか、と恐る恐る顔を上げると、じっとこちらを見下ろしてくるジャスティンの視線とかち合った。

「おまえは……」

「な、なんでしょう……」

「おせっかいな女だな」

「……ジャスティン様、私の話、ちゃんと聞いてくださいました？」

シエラの訴えなどジャスティンはまったく意に介していないようだった。泰然とした表情からは、彼が何を考えているか読み取ることはできない。

「聞いていた。だが、おまえは俺がどうなろうと構わないだろう。死んだほうが好都合じゃないか」

「そんなことをお聞きになったら、エドワルド様が悲しまれます」

「はっ。馬鹿《ばか》を言うな」

ジャスティンは鼻で笑う。

どうやらシエラが何を言ったところで無駄なようだ。仕方なく、ジャスティンの背を軽く押して自分も城へ向かって歩き出す。

「さあ、ここは私の部下が引き受けますから、ジャスティン様は城へお戻りください。私が安全なところまで護衛いたします」

「押すなっ。一人で帰れる！　おまえに護衛されるほうが危険だ！」

「……まあ、言われてみればそうかもしれませんが」

「だから俺は一人で帰る」

「いえ、とにかく城までは護衛させていただきます」

「ついて来るな！」

大またで歩くジャスティンに、シエラは小走りで後を追う。ここで、ふり払われるわけにはいかない。

「大きな声を出されては、目立ってしまいますよ。変装なさっていないんですから」

「変装はしているだろう」

「……あの、それは、変装とは言えないですよ」

ジャスティンの言う変装は、いつもは下ろしている前髪を上に持ち上げているだけ。ほかの変更点と言えば、少々質素な衣装を着ているというくらいだ。

質素と言っても、王族が着るにしては質素と言えるという程度であって、庶民からしてみれば一生分の収入をかけても手に入るかどうかあやしいくらいの高価な生地だった。

彼を只者《ただもの》でなくさせている最たるものは、そのまとう雰囲気だ。一種のカリスマ性があるこの男が、ちょっとやそっとの変装で民衆のなかに溶け込めるはずがない。昼時の雑踏のなかで、彼は明らかに一人浮いていた。

だというのに、ジャスティンは堂々とシエラに食ってかかる。

「イメージは変わっているだろうが」

「それは髪型を変えただけのイメージチェンジというものです。……もうちょっと、あなたは王子様なんですから、ご自分のお立場というものをですね」

「おまえ、マーシャルと言うことが似ているな」

「……私は、マーシャルとは違いますよ」

「当たり前だ。おまえとマーシャルとでは似ても似つかない。マーシャルは真面目《まじめ》でしっかりしている」

「……はあ」

主にとって、一番可愛《かわい》いのは自分のところの使用人だ。だからシエラは生返事を一つして無言で歩き続ける。

ジャスティンを城の安全なところまで送り届けるまでは安心できない。ただでさえ危険なのに、先日の噂《うわさ》のせいで彼は一段と目立っている。そういう状況はジャスティンの部下のマーシャルだって分かっているはずなのに、なぜ一人での外出を許可できるのかが分からない。

でも、マーシャルはマーシャルなりに悩んでジャスティンの一人歩きを認めたのは分かっている。

でも、もしこれがシエラだったら。相手がエドワルドだったら。たぶん自分は殺されてもついていくだろう。

もっとも、エドワルドはお忍びで出歩くときも、使用人が隠れてついていくのを許してくれるのだが……。

不意に、隣を歩くジャスティンの足が止まる。

ふり返ったシエラの目に、なんとも言いがたい表情を浮かべている彼の顔が映った。

「……どうかしました？」

問いに、少しの間をおいてジャスティンは呟くように答える。

「おまえ、お人好《ひとよ》しだな」

「…………」

シエラの肩ががくりと落ちる。

俯《うつむ》いた彼女は、ジャスティンの口元がわずかに緩んだのには気づかなかった。

◆◆◆

「やっぱり、あの方、可愛いというより迂闊《うかつ》です」

「はは。何かあった？」

エドワルドの部屋で二人、向かい合って報告する。

「お味方に、さっそく動きがありましたよ。ジャスティン様は無傷ですが。……捕らえた暗殺者はすでに地下へ運ばせていますけれど、どうやら黒幕は知らされていないようです」

「そう、もう動き出すなんてさすが貴族は暇人らしい。忙しい身としては羨《うらや》ましいかぎりだね」

エドワルドは穏やかに笑ってみせる。部屋の体感温度は反比例して一、二度下がった気がした。シエラの背筋がぴんと伸びる。

「シエラ」

「はい」

エドワルドの瞳は澄んだエメラルド。

見つめられるとすべて見透かされている気分になる。この感覚が、ジャスティンに見つめられたときに似ていて、やはり兄弟だなとふと思った。

「僕が何を望んでいるか、君には分かる？」

「黒幕は必ず突き止めます」

「うん。あとね、僕はこう見えて家族想いなんだよ」

「ええ、存じております」

この場合、「家族」というものに父親である現国王も、死んだ母親も含まれない。彼の指す「家族」とはいつのときもただ一人。

「あなたのご家族には一切手出しはさせません」

エドワルドはジャスティンのために、シエラはエドワルドのために。

そのためだけに、動いている。

どちらも、少しずつ狂った愛だ。

「頼んだよシエラ」

心の中でもう一度、シエラ＝ロザンは深く頷いた。

『なんで俺が外出しようというときにかぎっておまえは現れるんだ！』

『たまたま、偶然、気のせいですよ』

『そんな偶然が何度もあるものか！』

◆◆◆

こんな会話を幾度かくり返したころには、ジャスティンもとうとう諦《あきら》めたのか、一人で外出しようというときに決まってどこからか現れるシエラに対して、文句以外のことをぽつぽつ話すようになっていた。

ジャスティンの口数が多くなれば多くなるほど、逆にシエラは心配になる。

ジャスティン＝ロベラッティと言えば、大の社交嫌いということで有名だ。怖いだの冷たいだの裏では散々な言われようで、華やかなエドワルドと比べたときその印象はさらに暗いものとなる。

まさに「光と闇《やみ》」といった様子は、エドワルドが誘導したせいもあるが、ほとんどはジャスティンの持つ威圧的な雰囲気のせいだった。

ジャスティンは必要なことしか言わない。見え透いた世辞や賛美は口にしない代わりに、一度口に出したことには責任を持つ。

嘘《うそ》と欺瞞《ぎまん》と化かし合いのあふれる貴族の国にあって、馬鹿みたいに正直で実直な人物だ。腹に一物抱えた貴族連中はだからジャスティンを恐れるし、ジャスティン自身相当生きにくい目に遭っているに違いない。

そんな彼の口数が多くなっているということはつまり、それだけシエラに気安くなっているということだ。始終殺気を向けられるのも困りものだが、政敵のメイド長に一時とはいえ気を許す第一王子がシエラは心配になるのである。


そういうわけで、ここ数日はシエラがついて来ることを諦め交じりで黙認していたジャスティンだったのだが、今日に限ってかれこれ二、三度、彼女を撒《ま》こうとしていた。

不審に思ったシエラが「ついて来られると困るようなところへいらっしゃるおつもりなんですか?」と尋ねて、「違う!」と怒鳴り返されたきり会話はなく、ふたたび撒こうと試みるジャスティンに合わせ、シエラは素直に姿を消した。

といっても、ジャスティンから離れるわけにはいかない。彼に気づかれぬよう気配を消して後をつけているのだ。

ジャスティンはこちらが冷やりとさせられるほど勘がいい。だが、本職のシエラの気配の消し方は完璧《かんぺき》だ。さすがのジャスティンといえども、シエラの気配を読むことは難しいだろう。

シエラがいなくなった後の彼は一気に歩みを速めた。

つまり、今まではシエラの歩調に合わせていたということだ。そんな細かな心遣いはジャスティンにとっては当たり前なのかもしれないが、シエラにとってはひどく居心地が悪かった。

使用人、それも政敵の部下に対する態度ではない。気を許されるくらいならば、敵意を持たれていた最初のころのほうがずっと安心できる。互いのためにも、そのくらいの距離感が必要なはずだ。

遠目に見えるジャスティンの広い背中を見ながらシエラは思った。


らちの明かないことを考えていたシエラの耳が騒々しい子供の声を聞いたのは、それから三つ目の角を曲がったときだった。物陰から顔だけ出したとき、視界に飛び込んできた光景に思わず息を呑《の》む。

「あっ、お兄ちゃんだ！」

「みんな！　お兄ちゃんが来たよ！」

ジャスティンが姿を現したとたん、あたりにいた子供たちがわっと彼に群がった。

子供たちの背は低く、ジャスティンは平均より大柄だから姿が隠れるということはないが、それでも彼の足元はもう見えない。

なるほど、噂で言われていた孤児院とはここのことらしい。

城で流れた噂はすべて真実だとほかならぬエドワルドが言ったのだから疑っていたわけではない。加えてシエラ自身が調査をさせて、ジャスティンの孤児院支援が事実であることを知っていた。

ここ以外にも、彼はいくつか支援先を持っている。ご丁寧に、正体を分からなくさせるため別人名義で寄付しているのだ。

嫌になるくらい、べたな善行だ。

それだけ知っていたというのに、いざ目の当たりにするとどこかで意外に思っている自分もいた。ジャスティンとたくさんの子供たち、という構図が想像できていなかったのだ。

彼は興奮した子供たちに囲まれてもなお仏頂面を保っていて、それがなんだかおかしいのだけれど、どこかで至極ジャスティンらしいとも思う。

シエラがもらした忍び笑いは本当にかすかなものだった。だが、一瞬緩んだ気を、ジャスティンは見逃さなかった。物陰に隠れていたシエラをふり返って、ジャスティンは一度軽く目を見開くと、一転して不機嫌なオーラを全身に漂わせる。

「おまえ……」

「……すみません」

反射的にシエラは謝った。ジャスティンの殺気を一身に浴びながら、シエラはどうしたものかと状況を整理する。

「あの、すみません。今度こそちゃんと隠れますね」

言いながら身を翻したシエラを、ジャスティンの険しい声が引き止めた。

「隠れるな！　こそこそされるのはご免だ」

「はあ……。では、どうしましょうか」

「帰れ」

「いえ、それはちょっと無理ですね」

ジャスティンの剣幕に子供たちが驚いていた。言い合っているシエラとジャスティンを交互に見やって、何やらこそこそ内緒話をしている。

ジャスティンはへばりついてくる子供たちをはがすのに忙しそうだ。群がる子供たちのおかげで彼の怖さが半減されている。

「ねえ、その女の人……お兄ちゃんのかのじょ？」

突然、一人の女の子がシエラを指差しながら首を傾《かし》げた。

視線を落とせば、子供たちが一様にシエラをじっと見ている。

「ねえねえ、お兄ちゃんのかのじょでしょ？」

「ちがうよ、こいびとだよ」

「ええ。かのじょでしょ？」

子供たちのあいだで不毛な言い争いが始まる。ジャスティンの眉間《みけん》にしわが寄った。鋭利な殺気が、影をひそめる。

「……どちらも同じ意味だ。それにこいつは彼女でも恋人でもない。くだらないことを話していないで……このまえ来たときに出した宿題はやったのか？」

「しゅくだいよりね、いっしょにあそぼうよ」

「ずっと待ってたんだよ」

「なんで最近来なかったの？」

「かのじょとあそんでたの？」

「あたしたちともあそんでよ」

ジャスティンの服にはすでに何人もの子供が引っ付いている。生地が伸びてしまいそうだとシエラは思ったが、彼はまったく気にしていなかった。まるで重さなど感じていないというようによろめきもせず立っている。

「こいつは彼女じゃないし、一緒に遊んだりもしていない。おまえたち……今日の分の勉強は終わったのか？」

これにも子供たちは口々に大声で答えを返す。

一つ一つは聞き取れないが、「勉強は嫌い」というところで意見は一致しているようだった。

ジャスティンは顔を曇らせながら勉強の必要性を説いているが、子供たちは誰一人ちゃんと聞いてはいない。それどころか、真剣な顔で説教を始めるジャスティンを見て「怖い」と口を尖《とが》らせている。

たしかにジャスティンの真顔は凄味がある。

貴族たちも恐れるジャスティンの仏頂面。シエラもときどき本気で怖いなと思うほどだが、「怖い」と言いながら子供たちの表情は明るく、笑顔だ。

少し見ただけで、この孤児院の子供たちが大切にされているのが分かる。孤児に向かって恵まれている、というのもおかしいが、健康的な生活を送っているのは一目瞭然《りょうぜん》だった。

「まったく、いつ来てもこいつらは騒々しい」

なんとか子供たちの波をくぐり抜けたジャスティンが、離れたところで黙って見守っていたシエラの横に並んだ。

どうやらシエラの存在は諦めることにしたらしい。

「ジャスティン様、好かれていらっしゃるんですね」

「……おまえの目は節穴か？　俺は鬱陶《うっとう》しがられているんだぞ」

呆《あき》れたような視線を受けて、シエラも驚く。

「まさか本気でそんなこと思ってないですよね」

「本気とはなんだ。俺は怖がられている。さっきも『怖い』と散々言われたしな。おまえも聞いていただろう？　それに、来るたびに勉強しろと言うから口うるさい奴《やつ》だと思われている。こっちが真剣に話しているのに、あいつらはちっとも真面目に聞いていない」

どうやら本心から言っているらしいジャスティンが無性に可愛く思えて、笑いを堪《こら》えるのに必死になる。声は辛うじて抑えたが、そのぶん肩が小刻みに揺れて、それを目ざとく見つけたジャスティンの機嫌が一瞬で悪くなった。

「なにがおかしい」

「いえ、だって……」

一度口を開くと、そこから漏れた笑いが音になる。涙目になって肩を震わせているシエラの横で、ジャスティンの舌打ちが響いた。不機嫌なオーラが、じわじわとシエラを侵食してくる。

「ジャスティン様、あの……怖いのですが」

「おまえが悪い」

「いやだってあなた……」

無言の圧迫から逃れるようにシエラは二、三歩後退した。

「ねえ、お姉ちゃんは遊ばないの？」

後ずさったシエラの背後から幼い声がかかる。

ふり向くと、小さな女の子がシエラの服のすそをぎゅっと握って立っていた。

「遊ばないの？」という問いかけはつまり、「遊んでよ」という欲求そのもので、気づけば「何して遊ぶ？」と聞き返していた。

彼女が遊びの輪に入るとたちまち周囲から子供たちが集まってくる。

見上げてくる大きな瞳は一様に生気に輝いていた。

この輝きを失った子供の目を、シエラはよく知っている。

◆◆◆

シエラの生まれた家は貧しかった。

彼女の家だけでなく、その村全体が貧しかったのだ。自分の子供を奴隷商人に売らなくてはならないほどに。

シエラが人買いに売られたのは、弟がある程度大きくなってからだった。

あの家の経済状況から考えて、育ち盛りの子供を何人も養うのはどう生活を切りつめても不可能だった。そして、将来働き手となる兄や弟ではなく自分を手放すというのも分かる話だ。

売られる直前、母親はシエラの髪を二つに結った。

洗うこともままならなかった髪はぼさぼさで絡まりほつれ、結ぶのはだいぶ骨の折れる仕事だったに違いない。

それでも母親はシエラの耳元で「可愛いわ」と言った。「お姫様みたいよ」と。

続けて「愛している」と悲痛な声で言われたとき、切迫した母親の様子に子供ながらに異変を感じたのだけれど、シエラも「愛している」と唱え返した。

――私も愛しているから。だから泣かないで。

愛など分かろうはずもない小さなシエラは少しも迷わず言い切った。

交わした会話は、それが最後だったように思う。

日常が崩れ去るのは予想以上に簡単だった。


人買いに売られたと残酷な現実をようやく理解したとき、家族を恨むというよりは、ただ悲しかった。悲しくて、でもゆっくり泣いている時間も余裕もなくて、感情は過酷な日常にしだいに磨《す》り減っていった。

目にするものすべてが自分を含め薄汚れていた。だから手かせをつけられ奴隷市場を歩かされていたとき、目の前に降り立った悪魔が天使に見えた。それくらいミハエル＝ファウストは美しかった。埃《ほこり》まみれの自分とは比較する気も起きないほど、次元の違う美しさだった。

彼は突然シエラの前に現れると、これまた突然選択を迫り、姿を消した。

ミハエルはその後もたまに様子を見に来たが、どんなにシエラが窮地に陥っていても直接手を貸すことはついぞなかった。

汚い場所で、思い出したようにふらりとやって来るミハエルだけが、いつ見てもうっとりするくらい綺麗《きれい》で、悪魔などミハエルのほかに知らないが、それでも彼が一番綺麗だとシエラは思ったのだ。

前触れなく現れて、好き勝手なことを言って、そして気づいたら姿を消している。何ものにも縛られない、気まぐれで美しい残酷な悪魔。

シエラが犯罪国家ギルカタールの暗殺者ギルドに入れられたときも、ミハエルは大した感想を漏らさなかった。そもそも、暗殺者のギルドにいる、ということをちゃんと理解していたのかも不明だ。彼はシエラがいろんなことを話してもすぐ忘れてしまう。

稀代《きだい》の暗殺者、カーティス＝ナイルのことを話しても、それは同様だった。

ギルドの長である彼は生ける伝説となっている暗殺者で、鍛えられることは鍛えられたが、そのやり方は想像を絶する過酷なものだった。

思い出すだけで、殺意が芽生える。

一応師匠という存在に当たる男だが、彼に抱くのは感謝や親愛の情とはかけ離れたものだ。

赤い髪に赤い目をした一見すると普通の男。右側の髪だけ三つ編みにしている特徴以外には、外見にこれといった目立つものはなかった。

普通そうな奴が一番危険なのだと言ったのは、いったい暗殺者仲間の誰だったか。

まさにその言葉を体現したカーティス＝ナイルは、よくシエラの子供っぽい髪型を馬鹿にしては、手加減なく引っ張った。

シエラと同時期にギルドに入り、幹部たちに名前を覚えられるくらい長生きしたのはたった三人。最終的に生き残ったのは二人。

このとおり自分のことでも手一杯だったから、新しく入ってきた子供たちの面倒など見る余裕はなかった。遠目に見た幼い子供たちは幸せとは正反対の位置にいて、以前の自分が生気のない彼らの顔に重なる。

もとより笑顔などあろうはずがない。暗殺者のギルドに入って笑っていられるような人間など、シエラを含めてどこか異常な人間だ。

異常になれなかった人間が、死んでいく。

その点、カーティス＝ナイルは異常の極みだった。

同じ人間だとは思えない。思いたくない。彼と自分は違うと思うことで、シエラはまだ自分が辛うじて人間だと実感できた。彼は化け物だ。

その化け物の一存でシエラはこの国へ護衛として売りわたされた。

カーティスにその決定を下させたのは本当に些細《ささい》なことだった。それが、シエラの未来を左右した。

もともと「商品」としてギルドで育てられていたから、暗殺者として仕上がったシエラをどこかへ売り飛ばすのは決まっていた。だがまさか、暗殺者から護衛に転身するとは思っていなかった。それもギルカタールのような殺伐とした国ではなく、貴族の国と呼ばれるほどの華々しく綺麗な国に売られるとは。

結果としてエドワルドに出会えたわけだが、自分が暗殺者の言う「権力者の犬」になれるとは到底思えなかった。殺すことは習っていても、守ることはギルドでは習わなかったのだ。

——逃げる機会があっても、逃げようとも思わなくなる。従う以外の選択を捨ててしまう。主を持つと、自らそうなるそうです。

暗殺者時代、カーティス＝ナイルはそう言った。まだ護衛として売られることが決まる前の話だ。そのときシエラは馬鹿にしたように「本当に犬みたいだ」と言い返した。

いかにすばやく、音もなく殺せるかを習ってきたシエラにとって、それは想像すらできない生き方だった。

主を最上のものとして、主のためならば死をも厭《いと》わない。そんな存在に自分がなれるとは。

今、シエラはエドワルドのためならば何でもできる。

主が命ずるならどんなに卑劣なことも、どんなに危険なことも進んでできる。たとえ捨て駒《ごま》にされようとも、それが必要とあれば躊躇《ちゅうちょ》なく引き受ける。

なにもかも、昔の自分とは違う。

あの日、ミハエルの提示する選択を受け入れた、何もできない子供はもういないのだ。

◆◆◆

少し休ませて、と言って子供たちの包囲網をくぐり抜けてきたシエラを待っていたのは、ジャスティンの呆れと感心を含んだ眼差《まなざ》しだった。

「慣れているな」

「え、なにがですか?」

「子供たちの扱いだ」

「昔、弟の世話をしていましたから。でも、こんなに目一杯遊ぶだなんて、私だって初めてでしたよ?」

「そうか」

ジャスティンはそれ以上突っ込まない。シエラも何も言わない。

彼女が抜けても、子供たちは楽しそうに遊んでいる。どこからあんな活力が出てくるのか分からないが、休息もなしに動き続けていられるのは子供の特権だ。

　黙って見ていた二人のもとへ、髪の短いやんちゃそうな男の子が満面の笑みで近づいてきた。ちらりとジャスティンを見上げてから、迷わずシエラのところへやって来る。

「ねえねえお姉ちゃん、手え出して」

　言われて、シエラはしゃがみ込んで手を出す。なんの躊躇《ためら》いもなかった。

「はいこれあげる。まだ手え開けちゃだめだよ！」

　急いで離れていく男の子をぼうっと眺めながら手を開く、そこで不覚にもシエラは叫んだ。

「わっ、わわ⁉」

　手に載っていたのは結構大きな虫で、虫など普段なら怖くもなんともないというのに、まったく予想していなかっただけに驚いた。思わず放り投げてしまった虫が地面に落ちる。

　遠くで、シエラの驚きようを子供たちが腹を抱えて喜んでいた。怒るより、どうにも情けなくてシエラはため息をこぼした。

　こんな、普通の女みたいな反応をジャスティンに見られてしまったことに落ち込む。

　隣でジャスティンがかすかに笑っているのが分かったが、シエラがしゃがんだまま立ち上がらないのを見てとると、虫を渡してきた子供のところへいって何事か小言を言い出した。男の子は「はーい」とやる気のない返事をして、それにまたジャスティンが怒っている。

　居たたまれない気持ちになりながら、シエラは放り投げてしまった虫を拾い上げた。

そう、虫など怖くもなんともない。貴族のご令嬢と違って、手でつかむことにも、なんら躊躇いはないのだ。

そのまま、近くの植え込みにそっと放してやる。

戻ってきたジャスティンがその様子を黙って見ていたが、シエラはふり向かなかった。

気まずい沈黙がすっかり風化したころには、空は紫色に染まっていた。外気にさらされている肩を夕暮れどきの冷たい風が撫でていく。

シエラの深紅の髪が赤い夕暮れの光を受けて、なお一層赤く染まっていた。

眩《まぶ》しいほどの赤。この髪色は、浴びるほど血をかぶってきた自分にはおあつらえ向きの色だ。

首筋をくすぐる風が少し冷たい。そう思った次の瞬間、シエラは盛大にくしゃみをしていた。

今日は失態続きだ。

決まりが悪くて俯くシエラの頭上から、小さなため息が降ってくる。

「こんな呆《ぼ》けた奴に、何度も俺の計画を潰《つぶ》されたのかと思うと……腹が立つ」

彼の言う「計画」とはエドワルドの暗殺計画のことだ。だからシエラがその計画を潰すのは正しいことなのだが、ジャスティンにこう言われると間違っているのが自分のような気になるから不思議だ。

返す言葉が思いつかず、シエラはとりあえず頭を下げた。

「はあ……。それはどうもすみません」

「謝るな。それからその気の抜けた返事もやめろ」

「はあ、申しわけ……ちょっ、殺気を……その物騒な殺気をしまってくださいよ」

「殺気など出してはいない」

「そんなこと言われても現に今……」

「うるさい！　おまえは人の話を聞いているのか!?」

「もちろん聞いてますよ。ちゃんと……って、なんですか？　ジャスティン様」

シエラは目の前に押し出されたものの意味が分からずに首を傾げる。ジャスティンはシエラの顔も見ずに苛立《いらだ》たしそうに答えた。

「上着だ」

「ええ、それは分かりますが……どうしたんです？　重くなったんですか？」

「こんなものが重いわけあるか」

シエラだってそれくらい分かるが、ほかに邪魔そうに押し出される黒い上着の意味が思いつかない。とりあえず受け取ってみたシエラが、律儀にたたんで脇《わき》に抱えたところで、ジャスティンはとうとう口を開いた。

「着ていろ」

「……は？」

「寒いんだろう、着ていればいい」

「…………え？」

「何度も同じことを言わせるな」

怒ったように再度言われて、シエラは反射的に言われたとおり上着をはおった。

「ジャスティン様、ちょっと怖いです」

上着に顔をうずめさせながらシエラはぼそりと訴える。ジャスティンの言葉は唐突で、短い言葉に持ち前の威圧感が滲《にじ》み出ていた。さすがのシエラも、これは少し怖い。

「す、すまない」

シエラのちょっとした訴えに、ジャスティンは意外にも慌てた様子で謝った。まさか素直に謝られるとは思っておらず、訴えたシエラのほうが逆に焦ってしまう。王子が簡単に、使用人に対して謝罪してはいけない。

黒い上着は、まだ持ち主のぬくもりをかすかに残していた。肌寒かった体がほんのりと温まるのを感じて、シエラはハッと顔を上げた。

「もしかして、さっきのくしゃみ、気にしてくださったんですか？」

「…………隣でまたくしゃみをされたらうるさいからな」

「それは、どうもありがとうございます」

シエラのお礼にジャスティンは何も返さなかった。かすかに鼻を鳴らしただけで顔を背けて

しまう。怒っているとさえ思える態度だ。

彼は一人でさっさと子供たちに別れを告げると、引きとめようとする無数の声をふり切って孤児院を後にした。

シエラも一度手を振ってからジャスティンを追う。「またね」と無邪気に笑う声がくすぐったい。

早歩きで立ち去ってしまった彼の姿は、角を曲がったところで見つけることができた。シエラがちゃんと追いつくのを待ってから、ジャスティンは歩き出す。

そんな彼が、シエラは心配だ。

王子である彼が、シエラのような一使用人を気にかけてはいけない。さっきは大人しく上着を借りたが、本当はいけないことだ。特に貴族の目に触れでもしたら……。

上手《うま》く扇動して「優しい王子」という噂を流せなくもないが、基本的に使用人を必要以上に気にかける権力者は貴族たちの受けがよくない。

王子だからこそ、彼はお人好しであってはいけない。

借りた上着はシエラには大きすぎる。残っていたぬくもりが、シエラの冷えた体に染み込んで消えていった。

◆◆◆

「…………っ」

ちりりと走った痛みに顔をしかめながら、シエラは手早く包帯を巻いた。左足に負った傷はそう深くはないが、怪我を負う瞬間よりも治療に伴う痛みのほうがシエラは苦手だ。

確実に痛いと分かっていながら消毒液を傷口に塗るのがどうにも慣れない。いっそ治療などせずに済ませたい。傷痕《きずあと》が残ったところで、外から見えないところならばあまり気にはならなかった。

というより、すでに体中傷痕だらけなので今さら新しいものが一つや二つ増えたところでどうということもないのだ。暗殺者時代の傷は特に、ろくな治療も受けられなかったせいで所々痕が残っている。

治療を受けられなかっただけならまだしも、あのカーティス＝ナイルにわざわざ傷口を抉《えぐ》られたこともある。本当にろくでもない思い出だ。

「さて、と」

立ち上がり薬箱を棚へと戻す。闘技場に併設された雑多な医務室には今はシエラ一人しかいなかった。全体的に白っぽいのはどこの医務室も共通だが、使用人しか使わないこの医務室はお世辞にも清潔とは言えない。薬瓶や包帯がどれも無造作に棚に転がっていて、目当ての薬を探すのも一苦労だ。

医者が詰めているわけではなく、患者である使用人が自分で自分の治療をするせいだろう。闘技場に面した窓から、強烈な西日が差し込んでいる。

武器をしまって城へ帰ろうとしたちょうどそのとき、廊下から騒々しい足音が聞こえて動きを止めた。

何か、嫌な予感がした。

「よお、シエラ！ さっきの試合見たぜ。やっぱすげえ強いなあ！」

「……マイセン」

ああ、さっさと治療を済ませ、さっさと帰っていればよかった。そうすればこの騒々しい魔法使いに会わずに済んだのに。

嘆息するシエラのことはお構いなしに、マイセン＝ヒルデガルドは笑顔で話し続ける。

「御前試合なんだから強い奴が出場してんだろ？ だけどあんた断トツのぶっちぎりで優勝だもんなー」

「わざわざそれ言うためだけに来たの？ 分かったからさっさと帰んなさいよ」

マイセンの言うとおり、シエラはたった今、闘技場での御前試合に出場してきたところだ。

まだ、耳の奥に熱狂的な歓声が潮騒《しおさい》のように残っている。

御前試合は定期的に行われている催し物で、出場する護衛は仕える主人の名誉のために戦い、優勝を目指す。

抱えている護衛がどれだけ強いかということが、そのまま主人の名声に繋《つな》がるのだ。シエラも、出場するからには優勝しなければならない。

マイセンの言うとおり御前試合に出てくる護衛は腕に自信のある者たちだが、今回はシエラの最大の敵、マーシャル＝エイドが出ていなかった。今日ばかりは、そのことがシエラにとって幸いだった。もしマーシャルが出場していたら、体調が思わしくない今、優勝できたかどうか怪しいところだ。

「……顔色、よくないぜ？　体調でも悪いのか？」

突然真面目な声をかけられて、シエラは驚いて身を引いた。心配そうなマイセンの視線から逃れるように、顔を背ける。

「あんたがこの城から出て行けば、すぐよくなるわ」

鋭く突っぱねても、マイセンはちっとも怯《ひる》まない。それどころかずかずかと近寄ってくるとシエラの顎《あご》に手をかける。ひょいと上向かせて「やっぱり顔色が悪い」と呟くマイセンの手を、シエラはしたたかに払いのけた。

「気安く触らないでよ。私の顔色なんか、あんたに関係ないでしょう」

「いいや。大いに関係あるね。……やっぱりなあ、傍《そば》にいると負の方向に引き寄せられんのか。

ミハも悪気はないんだろうけどなあ。それでも引き寄せずにはいられないっていうか、なんつーか……」

「何よ、ミハエルがなんかしているっていうの？」

「いや、あいつもそんな気はないんだろうけど……」

マイセンの言葉は歯切れが悪い。

言っていることはよく分からないが、「負の方向」というのならたしかにそうだろう。シエラは最近体調が悪い。夢見は相変わらず最低最悪で、寝不足の日々が続いている。

そして、考えずにはいられない。ジャスティン＝ロベラッティのことを。

考えても答えの出ないことを考えているのだ。無駄なことが大嫌いな自分にとって、これは大変不本意なことだった。

ジャスティンという人物のことを、知れば知るほど心配になってしまう。

そう思う自分に、戸惑う。

政敵であるエドワルドの腹心の部下。そんな者に頼らねばならないほど彼は弱くない。シエラも、行きすぎた手助けなどするつもりは毛頭ない。それなのに、ふとした瞬間「守ってあげたい」という気持ちになって困るのだ。

ジャスティンはお人好しだ。使用人をただの使用人として切り捨てることができない。敵であるエドワルドの部下であるシエラに対してさえ打ち解けてきてしまっている。

自分などに、絆《ほだ》されないで欲しい。情など持たないで欲しい。

ジャスティンは外出するたびシエラがついて来ることを許し始めている。違和感はたしかに感じているはずなのに、その違和感ごと慣れてきてしまっている。その逆に、シエラはどんどん居心地が悪くなってきていた。

「……はあ」

考え出すと止まらない。もやもやした思いをため息に乗せて吐き出す。

「おいおいシエラ、最近ため息が多いぜ。幸せが逃げるぞ～」

マイセンの存在をすっかり忘れていた。まだいたのか、という目で睨《にら》む。

「あんたのせいよ。あんたがこの城から立ち去ってくれれば、すぐにでも元気になれるのに」

「まただ～、いなくなったらいなくなったで、寂しいくせに！」

「……ムカつく。本当に殺したい。……殺したら駄目かしら」

「ちょっ、ミハエルみたいなこと言うなよ」


「マイセン呼んだ⁉」


突然だった。気配もなく、ミハエルがシエラの背後に現れる。

ふり返る間もなく、悪魔はシエラに後ろから抱きついた。

「ちょっと！　ミハエル!?」

「いい匂《にお》いがする。……血の匂いだ」

物騒なことを言いながらミハエルはシエラをぎゅっと抱きしめてくる。こんな構図を見ても決して色気など感じさせないところが、この悪魔と自分の関係だ。

「……っ。ミハエル、痛いっ」

痛いが、我慢できないほどではない。長い付き合いの賜物《たまもの》で、ミハエルはどれくらいの力で抱きしめたら人間が潰れてしまうか学習している。ちゃんと、シエラが死なない程度の力で抱きしめてくれるのだ。

だが、怪我をしている今は加減をしていても少々痛かった。

「おいおいおいミハエル、メイドさん死んじゃうから！　傷口開いちゃうから！」

シエラに代わって慌ててマイセンが止めに入る。

「あっ、そうか。人間って弱いんだもんね。………死んじゃった？」

「……死んでない」

ミハエルの拘束から逃れて、シエラは大きく息を吸う。背中をさすってくるマイセンの手をふりほどく気にもなれない。そんなところをさすったところで何の効果もないのに、この魔法使いは本当におせっかいだ。

シエラはふり返ってミハエルに笑いかけた。

「ねえミハエル、マイセンが今のを見て、羨ましがっているわよ」

にっこり笑って言ってやると、単純なミハエルはすぐ信じてくれた。

悪魔は満面の笑みでマイセンを見る。

後ろで当の魔法使いが後ずさり始めているのが分かった。

「なんだ、マイセンもやって欲しかったの？　言ってくれればいいのに」

「いやいやいや、俺はおまえなんかに抱きつかれたくなんかないぞ！　断じて！　どうせ抱きつかれるなら可愛い女の子がいい！　メイドさんの方が断然いい！」

「マイセンは謙虚だね。こんなに弱い人間の女でいいなんて。でも僕、謙虚じゃないマイセンも好きだよ。大丈夫、安心して。マイセンにもちゃんとやってあげるから」

「だから俺はいいってば！　抱きつくんならメイドさんにしろっ……って、ちょっ、待て！　待った！　やめて！」

ぎゃあぎゃあ騒いでいるマイセンの言葉を、ミハエルはまったく聞いてはいない。嬉《うれ》しそうに笑いながらマイセンをぎゅっと抱きしめている。シエラでさえ敵《かな》わない悪魔の力に、マイセンが敵うはずがない。

されるがままに抱きしめられ、どんどん顔色が悪くなっていく彼を見ながら、シエラは大きなため息をついた。

マイセンがここまで足を運んだのは体調の優れないシエラを気遣ったためだろう。

大嫌いな魔法使いなどに気遣われてしまうほど、見るからに弱っているということだ。一生の不覚である。

心配して欲しいなど思わない。されないだけの強さが欲しかった。

そう思って騒いでいる二人を見やる。

マイセン＝ヒルデガルドは一応賓客だ。

シエラとしてはこのまま死んでくれても構わないが、悪魔が絞め殺してしまう前に助けなければなるまい。

面倒くさいな、と小さくシエラはため息をこぼした。

ジャスティン＝ロベラッティとも、このくらい割り切って付き合うことができたなら……。

Ⅳ 彼の理由

隣にいることに慣れてしまった。

ジャスティンと一緒に、駆け回る子供を眺めながらシエラは思う。

嫌味なほどに晴れわたった空が、孤児院の子供たちの頭上に惜しみない光を浴びせていた。

日陰に佇《たたず》んで見守っている自分とは明らかに違う生き物だ。将来、その手を血で染めることなどないだろう子供たち。だから安心して見ていられる。

ジャスティンはほかの貴族連中たちとは違う。

支持を得るために出資だけするほかの貴族たちとは、孤児院に寄付する動機が違う。彼は、子供たちの将来まで考えている。だから口うるさく「勉強しろ」とくり返すのだ。

一緒にいればすぐ分かることだが、ジャスティンは基本的に情に厚い男だった。

そんな風だから、敵であるエドワルドの腹心の部下が隣にいることを許してしまう。

なにかあっても自分で対処できる自信があるからこそなのだろうが、それにしても無防備だと思うのだ。へばりついているシエラのほうが心配になるくらい、彼はお人好《ひとよ》しだ。

あの悪夢を、気づけば最近見なくなっていた。エドワルドがジャスティンに殺されそうになる趣味の悪い迷惑な夢だ。

見なくなったということは、つまりシエラがジャスティンに知らず気を許しているということだろうか。だとしたら、果たしてそれがいいことなのかどうかは分からない。

最初のころ、あんなに孤児院について来られるのを嫌がっていた彼が、いつの間にかそれを受け入れているのも、素直によかったとは思えない。

もんもんと考えを巡らせていたときだった。なんの前触れもなくジャスティンが話を切り出して、シエラの思考が一瞬停止する。

「おまえ、人付き合いは相手を選んだほうがいいぞ」

「は？　……えーと、ジャスティン様は、いい人だと思いますけど」

「……違うっ、俺《おれ》の話じゃない！」

そんな風に言われても、あまりに突然すぎて分からない。疑問符を浮かべているシエラに
「仕方がないな」と彼はため息をこぼす。

「あんな騒がしい魔法使いと、得体の知れない男……よく平気で付き合うことができるな」

「ああ、マイセン＝ヒルデガルドとミハエル＝ファウストのことですか」

騒がしい魔法使いと得体の知れない男の組み合わせとなれば、思い当たるのは二人だけだ。

だが、平気で付き合っている覚えはない。マイセンに至っては逆に付き合いたくない最たる存在だ。

「おまえ、……ああいういかにも軽そうな男が好みなのか」

「まさか！　私、魔法使いは大嫌いなんです。特にマイセン＝ヒルデガルドは視界に入れるのも嫌というか……。どこからそういう発想が出てくるんですか」

「あいつではないとすれば、得体の知れない男のほうか」

「ミハエルですか？　違いますってば」

「ならば、簡単に抱きつかれるのを許すべきじゃない」

ジャスティンの言葉に、シエラは思わず顔を上げた。数日前の、御前試合後のことを思い出す。医務室で、たしかにシエラはミハエルに抱きつかれた。

「ジャスティン様、見ていらしたのですか？」

「……見ていない。俺はこそこそするのが一番嫌いだ」

「それは存じておりますが……でも、」

「通りかかっただけだ。俺は俺の部下の様子を見に行ったんだ」

「はあ。そうですか」

あの日の御前試合にはマーシャルは出ていなかった。それに、医務室前を通った先に選手控え室はない。あるのは武器庫だけであり、すなわちジャスティンの言葉と矛盾する。が、シエラは何も言わなかった。

芽生えた一つの可能性に目をつぶる。

ジャスティンがわざわざシエラの様子を見に来たなど、あり得ない。何かべつの用事で、彼の言うとおり「通りかかった」だけだと思いたかった。

たまたま通りかかって、たまたまマイセンたちと共にいたシエラを見かけたのだろう。そして、心配して忠告してくれたのだ。

その心配というのも信じがたいが、ジャスティンの言葉には諭すような雰囲気がある。

たしかに狭い医務室で、軽そうな魔法使いと得体の知れない男と一緒に騒いでいたら心配されるだろう。通りかかったのがジャスティンでなかったら、不名誉な噂《うわさ》を流されていてもおかしくはない。

どの道、どんな噂が立ったところで、マイセンとミハエルは城を出立する際に関わった者たちの記憶をいじっていく。二人に関わった者たちのなかで、マイセンとミハエルの記憶はおぼろげになり、やがて思い出せなくなるのだ。

その対象に、シエラは入っていない。だから彼女だけは忘れられない。

以前にも何度か彼らはこの城へ立ち寄っているが、来るたびに「初めて訪ねて来た人」という扱いを受けている。覚えているのはただ一人、シエラだけだ。ジャスティンもほかの者同様、そのうち忘れてくれるだろう。

これ以上話を発展させたくなくて、シエラは話題を変えようと試みた。

「騒がしいだけですよ、彼らは。ここにいる子供たちと一緒です。いつまで経《た》っても子供みたいで……いえ、やっぱり違いました。あの魔法使いと一緒にしては子供たちに失礼ですね」

シエラはすぐに訂正した。同じ騒がしさでも、子供の騒がしさとマイセンの騒がしさでは種類が違う。

「子供たちの騒々しさには、害がありませんから」

「だが、これは少しうるさすぎないか」

ジャスティンは気遣わしげに遊んでいる子供たちを見やる。孤児の将来のことを心配して言っているのだろう。

「子供って、皆こんなものですよ」

「……俺は子供のころはこんなにうるさくなかった」

「ジャスティン様の小さいころって、どんな感じだったんですか？」

「どんなと言われてもな……少なくともあんなに騒々しくはなかった」

「まあ……そうでしょうね。無邪気で騒々しいジャスティン様って、ちょっと想像がつきませんからねえ」

「どういう意味だ」

「いえ、悪い意味じゃないですよ。べつに」

ふん、と鼻を鳴らして、ジャスティンは広場で駆け回っている子供たちに視線を移した。澄んだ瞳《ひとみ》が、どこか遠くを見ている。

「だが、少なくとも今よりはうるさい子供だったぞ」

「今より静かな子供だったらちょっと不気味ですものね」

「……おまえは、どこまでも失礼な奴《やつ》だな。主《あるじ》にそっくりだ」

「主」という言葉に、いつもの刺々《とげとげ》しさがない。

思い出しているのだろうか。まだ幼かったころのエドワルドを。

遠い昔の、戻ってはこない過去を。

「あいつは、よく泣いていた」

ぽつりとこぼす、その呟《つぶや》きが思い出をよみがえらせる。

「俺も、今よりずっと愚かな子供だった」

シエラは黙って耳を傾ける。

セピア色の思い出が、彼の言葉で鮮やかに色づき始めた。

ジャスティンは無言のシエラに促されるようにして話し出す。淡々と、だが瞳はどこか懐かしそうな色を宿していた。

◆◆◆

何の気なしに窓の外を見ていたジャスティンの目が、裏庭の木蔭《こかげ》にうずくまる人影を捉《とら》えて瞬《まばた》いた。人影はまだ小さい子供だ。

遠目からでも、見事なブロンドの髪だと分かる。

「エドワルド……」

腹違いの、自分の弟。将来王となるべき弟だ。

あまり会ってはいけないと言われていた。が、木の幹に背を預けて膝《ひざ》を抱えている弟は、どう考えても泣いているように見えた。

兄弟は助け合わなくてはいけない。

母親がよく言っていた言葉だ。城へ連れてこられてからは自由に会えなくなったが、ジャスティンにとって母親の言葉は絶対だ。

互いに母が違うといっても、自分は兄で、エドワルドは弟である。兄は弟を守らなくてはいけない。

それはジャスティンにとってはごく当たり前のことで、疑う余地のない真実だった。

エドワルドのいる位置をもう一度ちゃんとたしかめて、彼は部屋を飛び出した。


「エドワルド」

「兄上……」

案の定、見上げてくるエドワルドの瞳には涙があふれている。綺麗《きれい》なエメラルドの目なのに、これでは格好がつかない。

「おまえ、どうしたんだ？」

つい、ジャスティンの問いが厳しくなる。

ビクッと肩を震わせた弟を見て、もう一度、今度は意識して優しくたずねた。

「誰《だれ》かに、いじめられたのか？」

「……違うんです。勉強が、辛《つら》くて」

「……勉強くらいで、男が泣くな」

言ったエドワルド本人も情けなさそうにしている。

エドワルドが叩《たた》き込まれている勉強はジャスティンの受けているものとは違う。王位継承権第一位の者しか受けられない特別な授業だ。

帝王学。その名のとおり、王になるための学問。

ジャスティンにはその内容がどんなものなのか分からない。しかしエドワルドは辛そうにしている。

「あんな酷《ひど》いこと……いつか僕も、やらなきゃいけないのかな」

「……………」

「僕、王様なんかになりたくないよ。なりたい人がなればいいいんだ。兄上とか、叔父上とか

「……」

「馬鹿《ばか》を言うな。あんな輩《やから》に王が務まるか」

幼いジャスティンの目から見ても、エドワルドの叔父はくだらない人物だ。権力にしがみついて民のことなど微塵《みじん》も考えていないような腐敗しきった貴族。

あんな男がなるくらいなら自分が……。

そう考えることはいけないことだ。

頭のなかで考えるだけでも罪だった。口にすることは死に繋《つな》がる。

王になれるのはただ一人で、それは自分ではなくエドワルドなのだ。ジャスティンが王位を望むなど心の中だけでさえあってはいけないこと。

離れ離れになった母親も、ジャスティンが城へ行くことが決まったときに真剣な口調で注意した。

決して、エドワルドより前に立ってはいけない、と。

「僕には向いていないよ。無理だよ、王様なんて」

そんなジャスティンの心境など知らずに、エドワルドは呟く。

すっかりしょげ返っている弟を見ると、ジャスティンの心にある複雑なわだかまりなど一瞬で飛んでいってしまう。

自分は兄で、エドワルドは弟。

兄は弟を守らなくてはいけない。


ジャスティンのなかでこれは普遍の真実。だからなんの迷いもなく言うことができる。

「俺がおまえを守ってやる」

まだ習いたての剣に誓って、自分はたった一人の弟を何に代えても守る。

ジャスティンのまっすぐな言葉に、エドワルドは伏せていた顔を上げた。エメラルドの瞳に涙はもうない。目元がかすかに赤いが、これくらいなら泣いていたことは誤魔化すことができるだろう。

エドワルドの母親は厳しいから、泣いていたことがばれたら怒られるかもしれない。

ジャスティンが安心していると、しばらく迷うように目を泳がせていたエドワルドが口を開いた。

「……ほかの奴が言うんだ。みんな言うんだよ。……兄上は兄上じゃないんだって。王位を狙《ねら》っている。害になるって……」

「…………」

「母上も、言ってた。近づいちゃ駄目だって」

「……ああ。たしかに、あまり近づくべきじゃないだろうが……」

ジャスティンも散々周りから言われていることだ。王となるエドワルドは、その比じゃないのだろう。

少しでも害のありそうなものには近寄ってはいけない。

自分がエドワルドの害になるなんて考えられないが、大人たちがそう判断するのなら仕方がない。その判断を覆せるだけの力が、今のジャスティンにはないからだ。

こんな扱いを受けていても、王宮から遠ざかりたいとは思わない。

たしかに最初は母親が恋しかったが、その代わりに弟に会えた。

「おまえは俺の弟だ。誰がなんと言おうと、俺はおまえを弟だと思っているから」

だから、信じて欲しい。

たった二人の、この世でたった二人の兄弟だから。

ジャスティンがじっと見つめている先で、エドワルドは期待のこもった顔を持ち上げる。

「僕も……、僕もあなたのこと、兄上だと思っているよ。あ、あんまり会えないけど……あなたは、僕の、兄上でしょう?」

「ああ、俺はおまえの兄だ」

ぱっとエドワルドの顔が輝く。

「それで、おまえは俺の弟だ。……一人きりの」

「兄上……」

エドワルドはしばらく嬉《うれ》しそうに口元をほころばせていたが、ふと何か嫌なことでも思い出したのかその顔を曇らせた。

「どうした？」

「兄上、僕……もしかしたら、いじめられてるんじゃないかと思う。母上は、僕を自分の保身の道具にしてるって、ほかの奴が言っていたのを、僕、聞いちゃったんだ」

不用意にそんな話を子供の耳に入れる大人に怒りがわいたが、ジャスティンは理性で抑える。殺気を出しているときの自分が、自分で思っているより怖いと最近気がついたのだ。

自分の殺気でエドワルドを泣かせたら元も子もない。

「……おまえは、俺にとって大切な家族だ。大人なんかにおまえをいじめさせやしないぞ。……おまえの母親だって、そんなつもりはないさ。噂が真実なことなんて滅多にないんだ。言った奴は、王になるおまえのことをやっかんでいるんだよ」

「でも、僕、勉強が辛いよ……」

結局、話は最初に戻ってきてしまう。

ジャスティンは苦笑をこぼし、もう一度真面目《まじめ》な顔をつくった。

「男なら、勉強くらいでめそめそするな。……本当にいじめられたら、俺が助けてやるから」

「……ほんと？」

見上げてくる純粋な瞳を見て、ジャスティンは自分の決意を再確認した。

「ああ。誰にもおまえをいじめさせたりするものか。俺がおまえを守ってやる。どこにいても、何をしていても、おまえがいじめられていたら駆けつける」

言っているうちに、自分が本当に「兄」なのだと思った。目の前の弟のためなら、なんだってできると心底思った。

「守ってやるからな、エドワルド」

「……ありがとう兄上。僕だって兄上を守ってあげるよ」

弟の頼もしい言葉に、ジャスティンは笑みをこぼす。

「俺のほうが年上で、兄なんだ。守るのは俺の役目だ」

「でも、僕だって男だから……男なら、家族を守らなきゃ」

「帝王学か」

「うん」

エドワルドは勉強は辛いと言っているが、「家族を守る」という教育なら、悪いもののはずがない。ならば、きっとそれを学ばせている彼の母親もちゃんとした人物なのだろう。母親としては申し分ないらしい。

急に城に連れてこられた第一王子のジャスティンを、もっとも嫌って排除したがっているのがエドワルドの母親だった。

ジャスティンをエドワルドに近づけさせないよう一番注意しているのも彼女だ。

正直なところ、ジャスティンは彼女のことが好きではない。今は会うことさえままならないが、自分の母親のほうが優しくて母親らしかったと思う。

身分が低い。ただそれだけのことがどうしてこんなに重要視されるのか、ジャスティンには分からなかった。

もちろんこの国において身分が最重要視されているのは事実として知っているが、もっと大切なのは中身なのではないかと思うのだ。

母親の身分が低いことで嫌な目に遭うたび、ジャスティンは考えずにはいられない。だが、大人になってもこのしがらみからは逃れられないだろう。

エドワルドと自分は、きっとこれからいろいろあるだろう。

今から先が思いやられるくらいには、ジャスティンも王宮という特殊な場所を生きてきた。

「なあ、エドワルド。今のうちに約束しておこう」

「約束？　何を？」

かすかに笑って、ジャスティンは腰をかがめる。

エドワルドのブロンドの髪を撫《な》でてやると、彼はくすぐったそうに目を閉じて笑った。

「俺たちは兄弟で、家族だ。だから、大きくなっても喧嘩《けんか》せずにいよう」

「うん。でも、約束なんかしなくたって……喧嘩なんかしないよ？　僕、兄上を守ってあげるんだから」

「……そうか、頼もしいな」

「うん。僕が兄上を守ってあげる。きっとだよ。そのために、僕、嫌いだけど勉強がんばるよ」

「……ああ」

ジャスティンは幼い弟の髪を撫でる。願うように。

「エドワルド」

「何？　兄上」

「約束だ」

◆◆◆

「あいつは約束を破った」

淡々と、ジャスティンはシエラに告げる。

目は遊んでいる子供たちに向けられているが、そこに映っているのは目の前の子供じゃなく、遠い日の子供……もう失われた子供だ。

「あいつは、俺の家族……母親を、見殺しにした」

その話なら、シエラも知っていた。自分がエドワルドの下に来る前の話だが、エドワルド本人からも聞いて知っている。

だがあえて、詳しくは知らない、という態度を装う。

「噂では、流行《はや》り病で苦しんでいらしたお母様に、医者をつけなかったとか？」

「……そうだ。城の医者を向かわせれば助かったはずなのに、あいつは……」

そこまで言ってから、ジャスティンはいささか話しすぎている自分に気づいたのだろう。軽く舌打ちして口を閉ざしてしまった。

シエラも、それ以上その話を追究しようとは思わない。

ただ、一つだけどうしても伝えたくて口を開く。

「エドワルド様は……あなたのこと、大切に想われてらっしゃいますよ」

言わずにはいられない。

エドワルドの真意など伝えることはできないし、エドワルド自身も望んでいないだろう。だけど、ふとした瞬間にすべてぶちまけてしまいたくなる。

エドワルドが、どれだけジャスティンのことを愛しているか。愛している形が正しいかどうかはシエラにも分からないが、それでもエドワルドなりにジャスティンのことを大切に思っている。

「ふん。それが本当だとしたら……俺の母親はまだ生きていた」

彼はエドワルドの真意など知らない。エドワルドが計算しつくして隠し切ったから。

隠したのが罪なのか、知らないのが罪なのか。


「俺はあいつを許さない」


離れてしまった兄弟の心。

シエラはただ、それを黙って見ている。


許さない、というジャスティンの言葉は本物だ。彼は何度もエドワルドを暗殺しようとしている。その計画を未然に防いできたのはほかならぬシエラだ。

彼の作戦はいつも本気だった。緻密《ちみつ》で、計算されつくした、完璧《かんぺき》に近い暗殺計画。

少しでも気を抜いたらエドワルドは殺されていただろう。実際冷や汗が出るほどきわどいときもあった。

だから、ジャスティンの殺意も憎しみも本物だということはシエラが一番よく分かっている。

だがその一方で、彼はたまに奇妙な行動に出る。

自分のものでないエドワルドの暗殺計画の情報を手に入れると、それをわざわざシエラに忠告してくるのだ。それも、一度や二度の話ではない。

遠回しに遠回しを重ねて、回りくどい言い方で忠告してくるのである。

最初は裏に何か意図があるのかと疑ったが、さすがに何度も続けば、嫌でもジャスティンの言葉に他意がないのが分かってしまった。

忠告に来るたびにジャスティンは決まり文句のように言う。

——俺以外の奴に殺されたくないだけだ。

ひどく偉そうに。だからシエラも決まってこう返す。

——そうですか。

本気でエドワルドを殺そうとするその半面で、同じように本気で弟の身を心配しているのではないか、と。

そんなふうにシエラが考えているなど知らずに、ジャスティンは呟く。

「あいつをいつか、仕留めてやる」

「……させませんよ」

ジャスティンのこの発言も、誰かに聞かれたら審問会行きだ。不用意すぎる。彼の発言にははらはらさせられてしまう。

孤児院についてもそう。一度美談として噂になったというのに、ジャスティンがあまりにそっけない態度をとるせいで噂が下火になっている。

エドワルドにとってはいい話だ。が、ジャスティンの部下のマーシャルは一体何をやっているんだと思わず叱咤《しった》したくなる。

もちろん、マーシャルが無能なわけではない。ジャスティンが意図的に噂を広めさせなかったに違いない。

「孤児院のこと、もっとアピールしてもいいと思いますけど。もっと利用すべきですよ」

気づいたら、声に出していた。

「おまえには関係ない。……そんなことをしたら、全部偽善になるだろう。もともと、俺が……理解したくて始めたことだ」

あまりにも真っ当なジャスティンの言い分に、シエラは思わず微笑《ほほえ》む。甘い人だと言ってもいいくらいの、まっすぐな言葉に。

「施される側からしてみれば、食べるものと寝るところがあれば、ほかはなんだっていいんですよ。それさえもらえれば、施しの理由なんて……宣伝だろうと偽善だろうと構いやしません。

おかげさまで1周年!!
一迅社文庫
アイリス
一迅社文庫アイリス 7月のご案内
毎月20日発売!! 少女向け新感覚ノベル
株式会社一迅社 http://www.ichijinsha.co.jp/
〒160-0022 東京都新宿区新宿2-5-10 成信ビル8F Tel.03-5312-6150(営業部) Tel.03-5312-7432(編集部)

一迅社文庫アイリス

7月刊ラインナップ紹介★

避暑地で、ハプニング勃発っ!?
男装乙女の男子音楽学院ライフ★
大人気シリーズ第4弾!!
ファンタジー

定価590円（税込）

『聖鐘の乙女 谷間の百合と水の乙女』 著者:本宮ことは　イラスト:明咲トウル

父親の楽譜を探すため、男だらけの音楽学院に入学したアティーシャ。友人の別荘へ先輩たちと共に招かれたアティーシャは、湖で出会った少女に女だと気づかれてしまって…!?　男装乙女の男子音楽学院ライフ♪　大好評第4弾!!

私だけの騎士選びます!!
ファンタジー

定価620円（税込）

『海上のミスティア』

著者:梨沙　イラスト:凪かすみ

友人の策略で海上の訓練校・ルティアナ号に乗船したエダは〝不敗の女神・ミスティア〟に立候補する。だけどミスティアは恋愛禁止。更に騎士を5人選ばなくてはいけなくて!?　海を駆け歴史を変える乙女の物語が始まる!!

大人気PCゲーム『クリムゾン・エンパイア』が
小説と漫画のコラボ企画で登場!!
ゲームノベライズ

定価590円（税込）

『クリムゾン・エンパイア～プリズナー・オブ・ラブ～』

著者:神尾アルミ　原作／cover&pinup:QuinRose　illust&comic:双葉はづき

メイド兼護衛をつとめるシエラの主は第1位王位継承権を持つエドワルド。彼は実の兄にして政敵であるジャスティンと王位を争っていた。主への忠誠心と自分を強く求めてくるジャスティンとの間で揺れるシエラが選ぶ道とは!?

※『Are you Alice?　閉ざされた世界』は制作の都合により延期になりました。

なんだって喜んで感謝します。……そんな者の気持ちが、あなたに理解できるはずがない」

確信を持ってそれだけは言える。

たった一つの食べ物を手に入れるために子供同士で殺し合うのに比べたら、偽善がなんだというのだろう。

施される側の気持ちなど、人の上に立つべき王子様が理解する必要などない。

「利用したっていいんですよ。どれだけ施しを受けたって、将来どうせ大した恩返しができるわけでもないんです、……そうでもしないと、価値がない」

苦いものを吐き出すように、シエラは言った。

視線の先には子供たちがいる。彼らに、かつての自分の姿が不意に重なる。奴隷として売られた自分。暗殺者として薄暗い闇《やみ》の世界を生きていた自分。

――ちっぽけで、汚いばかりの存在だ。僕も、あなたも。

そう笑顔で言ったのはカーティス＝ナイルだった。

軽蔑《けいべつ》するならすればいい。

ジャスティンはいいかげんに気づくべきだ。シエラは所詮《しょせん》こういう人間で、彼が気にかける必要のない存在だということに。

返ってくるであろう怒りにシエラは身構えたが、いつまでたってもジャスティンは口を開かなかった。それどころか、先刻までの殺気が影をひそめている。

怪訝《けげん》に思って顔を上げれば、静かな青い目がこちらをまっすぐ見つめていた。

「…………」

あまりに静かな瞳に居心地が悪くなって目をそらす。あたりの喧騒《けんそう》が遠のいて、この沈黙にシエラは耐えられない。

「利用価値もないっていうほうが、いたたまれなくなる」

言葉は、耳に届いた瞬間言い訳にしか聞こえなかった。

「……おまえも、そういう経験をしてきたんだな」

「…………っ」

予想外の言葉を返されて対応が遅れる。シエラは喘《あえ》ぐように言葉を探した。

「わっ、私のことなんてどうでもいいんですよ。私の事情なんて……」

「いや、悪かった」

「なんであなたが謝るんです⁉」

「たしかに俺は、理解できていないな。孤児のあいつらのことも……シエラ、おまえのことも」

「私のことなんて、理解しなくていいんですよ」

初めて、「シエラ」と、名前を呼ばれた。そんな何でもないことに気づいてしまう。

王子であるジャスティンは使用人に心を砕く必要などない。

お人好しなのは、ジャスティンのほうだ。いつか彼に言われた言葉を思い返して、シエラは思う。お人好しすぎて、心配になる。

放っておけない。

脳裏をよぎった場違いな思いに驚いた。

不意に、エドワルドがよく言う「兄上は可愛《かわい》い人だ」という言葉を思い出す。

その言葉に、今なら「そうですね」と相槌《あいづち》を打つことができる気がして、しかし本人に言ったら怒られるだろうなと思い、かすかに笑みがこぼれる。

その瞬間、自分がひどく穏やかな表情をしていることにシエラはまったく気づいていなかった。

◆◆◆

「ねえ、今度の夜会の警備、変更点が出たわよ」

「どこですか？　ハルキアが持ってきた変更点なら、もう各部署に伝えましたよ」

「違うわそれじゃない。書類、今持っている？」

ええ、と言いながらマーシャル＝エイドは部下に合図を送る。

サロンの片隅で、二人は書類が来るのを待った。本来なら場所を移動して話すところだが、いかんせん時間がない。分刻みのスケジュールに眩暈《めまい》がしそうだった。

分厚い紙の束を片手にやって来たのは、マーシャルの腹心の部下のコールドナードだ。シエラにとってのハルキアにあたる役職に就いている。薄青の髪は外にはねていて、髪型がそのまま彼の性格を表していた。

「マーシャル、ほら、これだろ」

分厚い書類の束を手渡すコールドナードの態度は大きい。

そのせいで、廊下で遭遇するたびにリリーと言い争いをしている。コールドナードがリリーをからかい、受け流すということを知らない彼女が真っ向から言い返す。日常茶飯事と化している応酬にシエラもマーシャルも手を焼いている。

サロンの中央では、ジャスティンがほかの貴族たちに囲まれていた。浮かない顔で話を聞いている彼は、こちらに気づいてはいないようだ。

少しでも第一王子の興味を引こうと大げさな身ぶりで話をしている貴族の男と、それを冷めた目で見下ろしているジャスティンとのあいだには大きな温度差がある。

いつもは無口な彼が、ほんの少し笑顔をつくるだけで支持者が集まりそうなものだが、ジャスティンはにこりともしない。

「……シエラ？　なによそ見しているんです？」

「えっ、あ、ああ……ごめん」

マーシャルの呼びかけで我に返る。そうだ、こんなことに気をとられている場合ではない。

シエラは慌てて書類をめくり始めたが、目当ての箇所に辿《たど》りつく前にコールドナードがふたたび口を挟んできた。

「気になるのか？　ジャスティン様が」

「まさか。それより……」

「まあ気になるのも仕方ないな。なんていったってジャスティン様だからな」

にやにやと笑うコールドナードは、明らかにシエラをからかっている。

「ちょっと、余計なこと言っている暇があるなら、仕事してよね」

ここがサロンでなければもっときつく言っているところだ。小声で話さなくてはいけない分、シエラの注意も迫力不足になる。その代わりじろりと睨《にら》んでやれば、コールドナードは嫌味な笑みを残して立ち去った。

「ったく……、ああ、変更箇所はここよ。当日の人員配置がね」

「疲れていますか？」

仕事の話に戻ろうとしたのに、マーシャルまでもがシエラの言葉を遮ってくる。疲れていない、と言い返そうとして顔を上げたが、感情の読めない漆黒の瞳にかち合って答えを呑《の》み込む。

ジャスティンの侍従長であるマーシャルは、ここ最近シエラが主につきまとっていることについてなにも言ってはこない。

彼は知っているのだ。シエラがジャスティンを害さないということを。

もっと言えばエドワルドがジャスティンの害になるようなことは絶対にしない、と確信しているからこそ、シエラが主に近づくのを黙認しているのだ。

昔、ジャスティン付きの使用人になる前、マーシャルは諜報部《ちょうほうぶ》の期待の新人だった。そのころの人脈を彼は手放してはいないだろう。エドワルドの真意にも、気づいている可能性は高い。気づいていて、主であるジャスティンに隠している。

なにが一番、主人のためになるのか。

ただそれだけを考えて生きているという点で、シエラとマーシャルは同じ存在だ。彼の気持ちはシエラにはよく分かる。だからジャスティンに真実を告げないマーシャルを非難したりはしない。

「べつに、疲れてなんかいないわ」

シエラは視線を書類に落として言い返す。

「休んだほうがいいですよ」

「……休む？　休めると思っているの？　こんな状況で？」

シエラは思わず笑う。休めるわけがない。

今度催される夜会は、かなり大規模なものだ。警備につく使用人を統括するのはシエラやマーシャルの仕事だ。ただ、今回の総責任者は、夜会主催者の侍従長のはずだった。それが間近になって急病で辞退するという迷惑な事態に陥っているのである。

代わりにシエラが責任者になり、元からの仕事に加えて引き継ぎ業務まで回ってきた今、彼女は忙しい毎日に忙殺されそうになっている。

そんなシエラに対して「休め」と言うなんて、よほど疲れた顔を自分はしていたのだろうか。

「マーシャル、あんただって、分かっているはずでしょう？」

口元をかすかにつり上げながら小首を傾《かし》げる彼女を見て、侍従長は小さくため息をこぼした。

「分かりました。なら、この話だけでもさっさと終わらせましょう」

「ええ、助かるわ」

シエラは連絡事項を挙げながら、「疲れていない」と自己暗示をかける。そうでもしなければ疲労に負けて余計なことを考えてしまいそうだった。

マーシャルと別れ、サロンを出ようとしたところでシエラはジャスティンに声をかけられた。まさか話していた貴族を置き去りにしてきたのかと思い焦ったが、どうやら相手は先に退出したらしい。

少し離れたところでコールドナードがこちらを見ている。

「何かご用でしょうか？　ジャスティン様」

「おまえ、マーシャルと仲がいいのか？」

わざわざ引き止めるから何事かと思いきや、どうやらマーシャルの心配らしい。エドワルドの部下であるシエラが自分の大事な部下に近づくのは、やはり気になるのだろう。

この場にマーシャルがいたら心配されたことを密《ひそ》かに喜んでいるに違いなかった。

「仲がいいというほどでは……。ときどき鍛錬の相手をすることがあるくらいですよ？　敵同士ですからね」

言った瞬間、気まずい空気が流れる。口に出して改めて、自分たちは敵同士なのだと実感した。少なくとも、表面上は敵同士だ。たとえ片一方に敵意がなくとも。

シエラは誤魔化すように笑う。

「ああそういえば、このまえ、人付き合いは相手を選んだほうがいいと仰《おっしゃ》っていましたよね」

マイセンやミハエルとは違い、マーシャルは真面目な男だ。

「あ、ああ……」

だがジャスティンの返答は歯切れが悪い。彼自身、困惑したような表情を浮かべていて、いつもはまっすぐ相手を見つめる瞳が、今は宙をさまよっている。

「……あの」

「いや、だが、あいつはおまえのことを――」

「分かっていますよ。マーシャルが私と親しくするのは反対なんでしょう？　言われずとも、必要以上に近づいたりはいたしません」

言いながら笑った。本当に、ジャスティンは心配性で、部下想いだ。

「安心してください」

念を押すように一言つけ加えたが、ジャスティンの表情ははっきりしないままだった。

疑問は残るがシエラには時間がない。

奇妙な表情を浮かべてじっと見つめてくる第一王子に深く頭を下げてから、くるりと体を反転させた。そのままサロンを後にする。

無言で追って来るジャスティンの視線は決して嫌なものではなかった。

以前はあった敵意と呼べる感情が、いつの間にか消えている。

シエラはそれが、心配だった。

V 秘密のワルツ

エドワルドの母方の親族の一人に、カルヴァン伯爵という男がいる。第二王子の支持者のなかでも一、二位を争う有力貴族であり、完璧《かんぺき》な王子であるこの青年に心酔しきっている一人だ。

カルヴァン伯爵家の歴史は古く、系図を辿《たど》れば王室とも浅からぬ縁がある由緒正しき家柄である。その彼が主催となって夜会を開くとなれば、よほどのことがないかぎり招待を断ることはできない。

それがたとえ王子だったとしても、正当な理由がないかぎり拒否することは不可能なのだ。

だからジャスティンは憮然《ぶぜん》とした表情をしながらも、入れ替わり立ち替わりやって来る貴族たちの挨拶《あいさつ》を黙って聞いている。

シエラの琥珀色《こはくいろ》の瞳《ひとみ》は、気づけば不機嫌な第一王子を追っていた。

我知らず、ため息を漏らす。もどかしい、と思う気持ちが吐息に乗って床に落ちた。

夜会はまだ始まったばかりだというのに、これでは先が思いやられる。

一方エドワルドはそつなく受け答えしていて、時折聞こえる上品な笑い声が、場が盛り上がっていることを伝えてきた。

エドワルドが光だとしたら、ジャスティンは闇《やみ》。

本質はたとえ真逆だとしても、貴族たちにとって大事なのは表面だ。

ジャスティンはその外見でずいぶんと損をしている。

同じ会場にいるというのに、エドワルドとジャスティンは会場の端と端と言ってもいいほど離れて陣取っていた。

そもそも二人が同じ式典や夜会に出席する光景が珍しい。

今回のように、どうしても外せない催し物以外は、エドワルドが出席すればジャスティンが、ジャスティンが出席すればエドワルドが、といった具合にどちらかが必ず欠席する。

最初はジャスティンがエドワルドを避けての行為だったが、エドワルドも合わせているうちにそういう習慣になった。

二人の王子がかち合わないように予定調節をするのもシエラたち使用人の仕事だ。

加えて、式典や夜会の警備も仕事のうち、とくればここ最近は準備に忙殺されていた。

会場が大きければ大きいほど、警備に当たる使用人の数も多くなる。今夜は城の使用人以外にも、主催者であるカルヴァン伯爵家からも人員が割かれている。

城一番の大ホールは、今や貴族令嬢たちの鮮やかなドレスに彩られていた。

ホールは一階から二階まで吹き抜けになっていて、天井からは巨大なシャンデリアが眩《まぶ》しいほどの光を投げかけている。一夜にして、庶民が一生かかってもお目にかかることができないほど高価な蝋燭《ろうそく》が大量に消費される。

日はとうに沈んだのに、シャンデリアが太陽より明るく揺れていた。


シエラは裏庭へと続くテラスの手前で、ガラス戸を背にして立っていた。もちろん警備担当者として、だ。

隣ではハルキアが微動だにせず立っている。

長時間の立ちっ放しは彼女に負担をかけるため、交代で違う持ち場へつくことになっていた。


ハルキアの両足は実は両方とも義足だ。

任務中のシエラと出会ったときにはすでに、奴隷の彼女は逃亡防止用に両足を切られていた。

彼女の主人はよほどハルキアを手放したくなかったのだろう。

シエラは成り行きで彼女を助け、そのまま成り行きで今の関係が築かれた。

成り行き、とはいってもハルキアの多大な努力がなければシエラの副官に上り詰めることはできなかったはずだ。

たしかに戦闘力ではリリーに劣るが、ハルキアの存在がどれほどシエラの助けになっているかは言葉では言い表せない。

隣に彼女がいる。ただそれだけで、シエラの負担はかなりのところ軽減される。

公私を超えて、ハルキアはシエラの腹心だった。


視線をふたたび前方へと移す。

相変わらずジャスティンは無表情だ。唇の動きからして、受け答えも「ああ」とか「そうだな」とかいう必要最低限のことしか話していないらしい。

貴族たちの美辞麗句に富んだ言葉の羅列にうんざりしているのが手にとるように分かる。分かるのだが、あれでは王子として非常にまずい。

ジャスティンの内心を思い小さく笑みをこぼしたシエラに、ハルキアは敏感に反応した。

「どうした」という視線を受けて、シエラはなんでもないと首を振る。怪訝《けげん》そうな表情をしているハルキアに理由を説明してもきっと理解されないだろう。

ジャスティンが可愛《かわい》い、だなんて。

理解して、なおかつ同意してくれるのは多分、この城でエドワルドくらいのものだ。

エドワルドはよくジャスティンのことを可愛いと表現する。最初はまったく同意できなかったが、このごろはなんだか分かるような気がして、そんな自分に戸惑う。

「可愛い」など、本人に面と向かって言ったら斬《き》り捨てられてしまいそうだ。

ご機嫌伺いに訪れる貴族にそっけない態度をとっているジャスティンを眺めながら、シエラは思った。

◆◆◆

夜会も中盤に差し掛かったときだった。

話すことに飽いた貴族たちがダンスフロアへ移動すると、楽隊の音色に合わせて踊り始める。

女性たちの色とりどりのドレスがふわりと舞いホールは一気に華やいだが、ジャスティンは人々の視線が自分からそれたその隙《すき》にさっさと人混みから抜け出した。

退場するのかと思いきや、そのままシエラの警護するのとは別のテラスから外へ出て行く。

供を連れて行った気配はないが、シエラは簡単にこの場を離れるわけにはいかない立場だ。

追おうかどうするか迷っていると、不意にエドワルドと視線が合った。

——追え。

そのエメラルドの瞳が言う。

瞬間、身を翻してテラスへ躍り出る。ハルキアが驚いて名を呼んだが、今はそれに応《こた》えている暇はなかった。

ほんの少し地面から浮いたテラスから飛び下りて、音もなく裏庭の芝生の上へ着地した。

ホールから漏れ出た光が、背後からシエラの足元を照らす。

光の届く範囲にジャスティンの姿はなく、シエラは人気のない庭をどんどん奥へ進んでいく。

もともと貴族たちが秘密の散策を楽しむためにつくられた場所だ。それゆえ見晴らしは決していいわけではなく、そこここに身を隠す陰がある。

一応この庭も警備の対象だが、ざっと探ってみても人の気配が感じられない。

急ぐ足が、夜露に濡《ぬ》れた。

「あっ……」

何度目かの茂みをかき分けたとき、彼はいた。

髪から服まで全身黒いせいで周りの闇と同化しかけていたが、青のような緑のような瞳だけは澄んだ光をともしている。

ベンチに腰かけたまま、ジャスティンはシエラを見上げてくる。

「なんだ、おまえか」

「こんなところにいらっしゃったのですか」

ほっと胸を撫《な》で下ろすシエラを見て、ジャスティンは剣の柄から手を離した。

これでもかなり心配して駆けつけたというのに、彼はあまりに悠然としていた。そんな姿を見ては、怒る気も失《う》せてしまう。

「黙っていなくなられて……王子でいらっしゃるというのに供もつけずこんな夜に。危険ですよまったく」

「おまえはいつも同じことを言っているな」

「あなたがいつも同じことをなさるからです」

どうやらジャスティンは疲れているようだった。

疲れている、というよりは「うんざり」と言ったほうが正しいかもしれない。

「あいつは、よく笑顔であんな下らないことがこなせるものだな」

「あいつ」とはエドワルドのこと。「あんな下らないこと」とは貴族との社交のこと。貴族の国と呼ばれるこの国で、社交を「下らない」と一蹴《いっしゅう》できる貴族はジャスティンくらいのものだろう。

だが仮にも彼は第一王子だ。王子が社交をしないわけにはいかないし、第一それでは支持者の集まりようがない。

寡黙で気難しい王子より、優しい笑みで甘い言葉を囁《ささや》いてくれる王子のほうが分かりやすい。

「下らなくても、もう少し愛想よくしたほうがいいですよ」

「俺《おれ》はそういう嘘《うそ》が嫌いだ。式典も夜会も、本当なら出たくはない」

「え、出席していただかないと駄目ですよ？　今でさえ――」

シエラが先を言うより早く、ジャスティンが彼女の手を取り立ち上がった。

その動作が、まるでどこかの令嬢に対するような優雅さだったのでシエラは戸惑う。

見下ろしてくるジャスティンの瞳にかすかに笑みが浮かんだのが、雲間から差し込んだ月光で分かった。

「おまえをエスコートするのなら、下らない催しに出てもいい」

「……はあ!?」

驚きのあまり動きが止まる。そんなシエラをジャスティンは引き寄せた。

導かれるままに動き、踏んでいるのがダンスのステップだと気づくのに時間がかかる。

「何を……」

――しているのか。と、問おうとした言葉が途切れる。

ジャスティンの手が、シエラの腰を引き寄せたのだ。

耳を澄ませば、ホールからささやかな楽の音が夜風に乗って流れてきていた。そんなことにも気づけないほど、自分は焦っていたというのだろうか。

「上手《うま》いじゃないか」

感心した声が上から降ってくる。吐息を間近に感じて身がこわばった。

「それは……夜会のたびに貴族のみなさんが踊っていらっしゃるのを見ていますからね。嫌でも覚えてしまいますよ。まあ、見よう見まねなのでちょっとステップは違うでしょうけど」

「いや、十分だ」

ジャスティンがかすかに笑った。

いつもの皮肉な笑みじゃないことくらい、見なくても分かる。

まだ夜は冷える季節なのに、驚いたせいで体中が熱い。

そう、驚いたせいだ。この鼓動の速さも、火照る指先も。

冷静になれ、とジエラは自分に言い聞かせた。

「私がエスコートされるなんてことは、一生ありえないですよ。それに、性に合いません」

「分かっている。だが、隣におまえがいれば、少なくとも退屈はしなさそうだ」

「私、貴族のように機転のきいた言い回しもできないですし、社交術なんて皆無ですし、第一あんなぴらぴらしたドレスを着る趣味がありません。動きにくそうで……」

無論、そんなことはジャスティンにも分かっているはずだ。分かっているはずなのに、不可能なことをさらりと言ってのけてしまう。

そしてジエラの口調もなんだか言い訳がましい気がした。

「おまえを伴うことができればな」

「百歩……いえ千歩譲って、万が一そんな事態になっても、私、きっとあなたの横でうるさく社交をしてくださいと催促するだけのような気がしますけど」

非現実的な光景は想像することさえ難しいが、もし自分が彼の隣にいたら「愛想よく」だとか「笑って」だとか小言ばかり口にしていそうな気がした。どう考えても、貴族の女がするようなことではない。所詮《しょせん》、シエラはただの使用人だ。

「……おまえが横でそう囁くのなら、素直に貴族連中のつまらん話を聞いてやってもいい」

「わ、私がいてもいなくても……してくださらないと」

思いがけない返答に面食らう。

しどろもどろになった言葉が夜の薄闇に溶けていく。踏んでいるステップの順番がもう分からなかった。体の反応だけでなんとかジャスティンについていくが、もつれた足が引っかかって崩れる。

傾《かし》いだ体がしっかりと抱きとめられて、慌てて起き上がろうとしたのに背中に回された手がそれを許さなかった。

「あっ、あの、ジャスティン様っ⁉」

抗議の声が届いていないのか、ジャスティンはまったく動かない。やっとのことで見上げた目が、青い瞳とかち合う。直後、見なければよかったと後悔した。

ジャスティンの瞳がまっすぐシエラを見下ろしていて、青白い月明かりのせいで、その目が優しいのが分かってしまった。

視線がそらせない。

離れなければと思うのに、指先一つ、自分の意思では動かせなかった。

「それでも、シエラ……おまえとなら」

ジャスティンの声が不自然に途切れる。

そのときには、体の主導権はシエラに舞い戻っていた。取り出した武器が宙を切り、月明かりを反射してきらめく。

あたりに侵入者の気配が漂っていた。

◆◆◆

ざわりと、不穏な空気が二人を包む。

気配を探りながら、シエラの頭のなかで計算がくり広げられる。社交の場での機転はきかなくとも、戦闘においての判断力は一流だ。

「ジャスティン様、下がってください」

言いながらシエラは周囲にすばやく視線を這《は》わせた。

姿は見えないが、茂みのそこかしこに押し殺した気配を感じる。そしてその気配は現在進行形で増えている。

ジャスティンだけでもなんとか逃がそうとして退路を探したが、どうやら完全に包囲されているようで、それはつまり最初から機をうかがった上での綿密な作戦だということだ。

まずいな、と武器を握る手に力がこもる。

「ジャスティン様、私が退路を確保しますので、その隙にホールまで——」

「余計な気遣いをするな。俺に女を見捨てて一人で逃げろと言うつもりか？」

王子の台詞《せりふ》とも思えない、至極まっとうな意見を口にしたジャスティンは早くも剣を抜いていた。

ジャスティンの二振りの剣が、月明かりを鈍く反射する。

闇夜にきらめいた銀の刃を見て、シエラははっと我に返った。

「なっ、何を仰《おっしゃ》っているんですか！　早く逃げる準備をしてください！」

「だから女を見捨てて逃げることなどできるわけがないと……」

どこからか飛んできたナイフがジャスティンの言葉を遮った。

シエラの武器が、宙をうねってそれを叩《たた》き落とす。

「余計なことをするな。自分の身くらい自分で守れなくてどうする」

「そういうわけには参りません。あなたは王子で、私は護衛なんですよ⁉　王子様が直接暗殺者と戦うなんて……ッ」

喋《しゃべ》っている最中もシエラの手は鮮やかに武器を操っている。ナイフの舞う軌跡が、暗闇に白い光の線を描いている。

一斉に動き始めた黒い影たちは包囲の陣形を崩さぬまま攻撃を仕掛けてくる。

ジャスティンに逃げる意思が皆無なのを見てとると、シエラは仕方なく背中合わせに暗殺者たちと対峙《たいじ》した。

これでも、シエラなりの最大の譲歩だ。

だというのに、ジャスティンは逆にシエラを守ろうとしている。

王子が護衛を守ろうとしてどうするのだ、と口まで出かかった文句を呑《の》みこんで、シエラは武器をふるった。

長い鎖の先の鋭利なナイフが、正確に相手の額に吸い込まれていく。

返したその刃で、横にいた男の首筋を切り裂いた。

シエラには、自分の武器がどんな軌跡を描くのか予想できる。頭で考えなくても、長年の勘が瞬時に判断するのだ。

それでも、多勢に無勢は否めない。

背中を預けても大丈夫だと実感できるほどにジャスティンは強かった。これなら一人で出かけて今まで大事に至らなかったのも頷《うなず》ける。

しかし、ほんの少しの傷もつけてはいけない相手という点で、ハルキアやリリーとは異なる存在だ。

エドワルドなら大人しく守られていてくれるのだが、ジャスティンは黙って守られてはくれないらしい。

シエラの琥珀色の瞳が、ジャスティン目がけて一直線に飛んでくるナイフを捉《とら》えた。

その軌道から計算して、当たっても重傷に至らないのは分かった。が、シエラは自分が対峙していた敵を無視して飛んでくるナイフへ手を伸ばす。

途端、体勢がわずかに崩れた。

ふり返ったジャスティンと、刹那《せつな》、視線が絡み合う。

次の瞬間、隙ができた左腕に鋭い痛みを感じた。

「…………っ」

見なくても分かる。

捨て置いた敵のくり出した短剣が、メイド服を刺し貫いている。

抜けば血が噴き出すのが分かっているから、シエラは触れようとも思わなかった。

痛みになら、慣れている。

優しくされることには戸惑うが、これくらいの痛みならないものとしてふる舞える。崩れた体が地面に接する前に、片手で体勢を立て直した。

起き上がりざまに投じた鎖が地面で勢いよく跳ね返り、軌道を変え、間近にいた男の心臓に吸い込まれていく。

すばやく引き抜きさらにもう一振りしようとしたところで、大きな手に腰を引き寄せられた。

「わっ、なんですか急に!?」

「下がっていろ。あとは俺がやる」

言いながらジャスティンはシエラの体を後方に隠そうとする。慌ててその手を押しのけながら、シエラは叫ぶ。

「やめてください！　下がるのはあなたの方です！」

傷を負うのはいつものことだ。こんな傷は傷のうちに入らない。守る対象に気にかけてもらうようなことではない。

本来守るべき相手に心配されるなど、使用人にとっては恥でしかないのだ。

無言で、役に立たないと言われているようで。

「こんな傷、たいしたことはありません」

「おまえは……」

ジャスティンはそれ以上何も言わなかった。

戸惑いを見せた腕のなかからシエラは器用にすり抜けた。ふり上げた武器が空気を切り裂く。

縦横無尽に宙を舞う彼女の武器が、次々敵を討ち伏せてゆく。

血に濡れた芝生を両足でしっかりと踏みしめた。

そうだ。これが自分の生きる場所なのだ。


シエラはそうやって確認する。

貴族の令嬢のように、大事に守られるような存在ではないのだ、自分は。

そんな役割は深窓の令嬢に任せておけばいい。元奴隷で、暗殺者で、今エドワルドの使用人かつ護衛頭のシエラの生きる舞台は「ここ」だ。

赤い舞台。血に彩られた凄惨《せいさん》な舞台。

永遠にシャンデリアに照らされることはなく、鮮やかな衣装を着ることもない、暗く陰惨な血の匂《にお》いのする場所。

決して楽しんでいるわけではないが、後悔していないのも事実だ。

後悔はしない。嘆いたりしない。

たとえ職を辞する機会を与えられたとしても、望んでこの場所にしがみつくだろう。シエラのなかに、エドワルドの傍《そば》から離れる選択肢など端《はな》から含まれてはいない。

倒した敵の返り血がシエラの頬《ほお》を濡らす。

赤い血が生温かい。手に付いた血はすでに乾いてべたついている。

暗殺者時代、カーティス＝ナイルにはよく注意された。注意というより、ほとんど軽蔑《けいべつ》に近かったけれど。返り血を浴びるなんてまだまだだと、耳にたこができるくらい言われたのを思い出す。

仄暗《ほのぐら》い月明かりに浮かび上がるシエラの姿は凄絶《せいぜつ》だった。


左肩の傷が熱を持ち始めたころ、誰《だれ》かの声が騒音を突き破って聞こえてきた。

敵の加勢かとうんざりしたのも束の間、その声に聞き覚えのある音を見つける。

「マーシャルここよ！」

一声叫んだだけでジャスティンの侍従長は状況を把握してくれたらしい。配下に指示を飛ばす声が聞こえたあと、茂みを突き破ってマーシャル＝エイドが姿を現した。

「ジャスティン様！」

マーシャルはジャスティンの無事を確認するとほっと息を吐き出しナイフを構える。

戦況の悪化を感じたのか、生き残っていた暗殺者たちが散り散りに引いていく。それをマーシャルの部下が追う。

シエラも追わねばならなかった。

エドワルドの命は黒幕を暴くこと。暴いて消してしまうことだ。

だが、踏み出した一歩をそれ以上進めることができなかった。

「……ジャスティン様。その手を離していただけますか？」

無傷のほうの腕をしっかりとつかまれて身動きができない。ジャスティンの険しい視線にかち合い反射的に後ずさろうとして失敗した。

「その傷で行く気なのか」

それは問いではなかった。ほとんど咎《とが》めるような響きが交じっている。

「こんなの、いつものことなんですよ」

シエラは幼い子供に言い聞かせるように言う。

離れたところにマーシャルの気配を感じる。こんなところを見られて要らぬ誤解を受けたくなかった。

そう思うのに、つかまれた腕はびくともしない。

「いつものことだからといっても、傷は傷だ」

ジャスティンは真顔で真っ当なことを言う。

「怪我《けが》には慣れているんです」

「そんなものに慣れる必要などない」

「これが私の仕事なんですよ。マーシャルだってそうです。護衛なんだから、当たり前のことをしているだけです。あなたが、当たり前に王子であると同様に、私も、当たり前に護衛なんです」

「だが、その怪我は浅くない」

そう言って、短剣の刺さったままのシエラの左腕にジャスティンが手を伸ばす。その手が傷口に触れるのを、シエラはなんとか身をよじって避けた。

「手が汚れます」

すでにジャスティンの服には血が飛んでいるが、黒いゆえにそれほど目立たないはずだ。そもそも、極力ジャスティンが汚れないようにシエラは立ち回った。それなのに、こんなつまらない傷に触って手が汚れては元も子もない。

「では、これで失礼いたします」

やんわりとジャスティンの手をふりほどくと、シエラは身を翻した。

もう暗殺者たちを追うことは不可能だが、捜査の手段はいくらでもある。

それに、途中で抜け出してしまった警備の任にも戻らなければならない。まだ夜会は終わっていないはずだ。傷の手当てをし、服を着替えればまだ働ける。

しかし、いくらも進まないうちにシエラはまた立ち止まらねばならなかった。

ジャスティンは今度は遠慮もなくシエラをふり向かせ抱きしめると、反論する間も与えず自らのマントを彼女にかぶせた。

「ジャスティン様っ、何を――」

「うるさい。少し黙っていろ」

シエラの訴えを見事に一刀両断してしまうと、彼はマントの上から静かに彼女を抱きしめた。

意図せずジャスティンの胸に顔を押し付けることになってしまう。密着したところから、ジャスティンの鼓動が体全体に伝わってくる。

ああ服が汚れる。

血だらけの自分を抱きしめたら、ジャスティンまで汚れてしまう。彼を汚したくなどないのに。

気づけばマーシャルの気配がなくなっていて、離れたところから何人もの声が聞こえるのに二人の周囲だけは異様に静かだった。

「は……なして、離してください。本当に。汚れてしまいます」

「服など、いくら汚れたところで構うものか」

「でも……」

「おまえは、いつもそんなに……」

そんな、とはどういう意味だろうか。

いつも戦っているということであれば、答えは是だ。

「私は、使用人ですよ。エドワルド様のメイド長、筆頭護衛です」

シエラにとっては、これだけですべての問いの答えになる。が、ジャスティンは納得しない。

重ねてシエラは告げる。

「利用されなくては、意味がないじゃないですか。そのために生きているのに」

利用されなくなったときのことなど、考えたくもない。エドワルドに利用されなくなったら、それは死んでいることと同義語だ。

「情をかける必要なんて、ないんですよ」

ジャスティンの優しさは、シエラを居たたまれなくさせる。

今も、壊れ物を扱うような丁重さでシエラを抱いている。決して傷口に障らないように。

シエラは、だから、どうしていいか分からなくなる。

「ただ、使ってくだされば、それでいいんです」

使って、使って、使い切って欲しい。いつか壊れて動かなくなるそのときまで。それこそが、シエラが望むたった一つの優しさの形だ。ジャスティンとは違う、エドワルドの優しさ。

「私のような使用人に、優しくする必要はないんです」

「俺はエドワルドとは違う」

ジャスティンの声に憤りが交じる。

やり場のない怒りややるせなさが、低い声に滲《にじ》んでいた。あふれ出た彼の殺気に、シエラは身を震わせる。

「俺はおまえが……」

ジャスティンは言いかけて、そして途中で言葉を呑みこんだ。

その先を、聞きたいような聞きたくないような、どちらともつかない感情がシエラを襲う。

伝わってくるジャスティンの体温から逃れるようにシエラは身を引き離す。そのまま顔も見ずに身を翻すと、夜の闇に姿を消した。

◆◆◆

シエラが仕事を終えてエドワルドの自室を訪ねたのは、もう月が沈んだ真夜中だった。

夜会はとうにお開きになって、エドワルドは正装から私服へ着替えていた。と言ってもエドワルドの私服は正装に見劣りしないほどきらびやかなものだ。

「分かった?」

エドワルドは簡潔に問う。

シエラは頷いてはっきりと告げる。

「はい。意外と簡単に」

「そう」

主《あるじ》はそのまま視線を窓の外の暗闇に送る。月が沈めば、何も見えない。城壁に灯《とも》されたかがり火だけが、ずっと遠くでちらちらと揺れている。

シエラは事件が起こってから今までの短時間で、夜会警備の人員配置を隅から隅まで調べつくした。

もともと、今回の警備の総責任者はカルヴァン伯爵の侍従長のはずだった。直前になって彼が体調不良を訴えシエラが責任者に代わった。

ジャスティン暗殺がもし成功していたら、その責任を取ってシエラは死刑になっていただろう。今さらながらその事実に気づく。

ジャスティンが襲われた裏庭には、エドワルド、ジャスティン、カルヴァン伯爵という三者の使用人が偏りなく警備の任に当たっていた。だが、ローテーションを組んだときには絶対になかったはずの「穴」が、当日の警備にはあった。

「穴」というのは警備の穴、という意味だ。

あってはならない空白の時間があった。それがちょうど、ジャスティンが襲われた時刻と一致する。

その空白の時間の創作者が誰かと問われれば、消去法で考えてカルヴァン伯爵しか考えられないのである。

至極当たり前で、簡単な理論だ。

マーシャルが選抜した部下が自らの主を襲うはずがないのをシエラは知っているし、シエラだって、確実に信頼できる人間しか今回の任にはつかせていない。

残りは伯爵しかいないわけだが、裏工作の得意な大貴族がこんなにずさんな計画を立てるのかという疑問があった。ずさんすぎて、裏の裏があるのかと考えてしまう。

「そうそう、今日の夜会でね、カルヴァン伯爵に一つ忠告されたよ」

エドワルドが思い出したように笑った。

「僕のメイド長はね、どうやら主を裏切って兄上に情報を流しているんだそうだ」

「それは……事実だとしたらとんでもないことですね」

「うん。僕のためにも、早くそのメイド長を何とかしたほうがいいってさ」

「そうですか」

「僕ができないなら、代わりに自分がやってもいいと息巻いていたな」

「それで、あなたはなんとお答えに？」

「いや、僕もね、ずっと信頼してきた者をそう簡単に切り捨てられないって言ったんだ。ほら、僕って心優しい王子だからさ。そしたらあいつ、じゃあこちらで対処しますって」

エドワルドは楽しそうだ。

つまりはこういうことだ。カルヴァン伯爵はばれてもいいと考えていたのだろう。

だからあんなに性急に事を運んだ。第二王子の支持者として、正しいことをやったつもりなのだ。たとえエドワルドに暗殺の件がばれても、手柄にこそなれ、咎められるなど思ってもいないのだろう。

愚かな人だ。シエラは無感情に思う。

可哀想《かわいそう》だとは思わないが、愚かだとは思う。

彼もまた、エドワルドの表面しか見ていない。簡単に中身を知られても困るが、外見だけ見てその人のすべてを理解した気になっている者ほど愚かなものはない。

政敵であるジャスティンと、彼に寝返っているメイド長。その二つを同時に亡き者にする予定が大幅に狂って、今ごろ伯爵は歯噛《はが》みしているはずだ。

暗殺に失敗しても、侵入者を許した時点で警備責任者のシエラの落ち度が問われるはずなのだが、襲われた当の本人であるジャスティンが騒がないせいで暗殺自体がうやむやになってしまっている。

でも、ほかの人間の事情などシエラには興味がない。とくに、エドワルドの敵となる人間の裏事情など考えてやる余地はない。

「エドワルド様、ご命令を」

主の足元に跪《ひざまず》く。

「命令、されたいんだ？」

「……え、もっ、もちろんです」

突然の切り返しに戸惑う。

「そんな怪我をしているのに？」

「私は、あなたの使用人ですから。……任務に支障はありません」

毅然《きぜん》と言い放った自分の言葉に確信する。心配されるより、必要とされたい。隠した怪我を見抜かれたことに恥ずかしさを覚えても、嬉《うれ》しいとは感じない。

「エドワルド様、ご命令を」

乞《こ》うように重ねて願う。エドワルドは小声で笑った。

「頼まれなくても、僕は君に命じるよ」

その言葉に、ほっと胸を撫で下ろす。

エドワルドはさっきまでの笑顔を消し去ると、底冷えのする冷たい声で言い放った。

「カルヴァンを処分しろ」

「かしこまりました」

エドワルドの命令がシエラを生かす。

たしかな充足感に満たされて、シエラは静かに立ち上がった。

だがその直後、一礼して退出しようとしたシエラの左腕に激痛が走った。

「――……っ！」

辛うじて声は出さなかったが、じわりと嫌な汗が額に浮かぶ。怪我をした左腕を、エドワルドが容赦なくつかんでいた。

ふり返ったシエラの目に、エドワルドの柔らかな笑顔が映る。

「ねえシエラ」

「……はい、なんでしょう？」

痛みのせいで、声がかすれる。つかまれた腕が熱を帯びる。

エドワルドはたっぷり間をおいてから言った。

「兄上はとんでもなく強かっただろう？」

「ええ、本当に……。あれなら、今までお一人で出歩かれて何事もなかったのも、頷けます」

「うん。兄上は本当に強い」

エドワルドの爪《つめ》が傷に食い込む。ふさがりかけた傷口が、無理やりこじ開けられて悲鳴をあげる。傷を受けたそのときより、よっぽど鋭い痛みだった。

あまりの痛みに意識が飛びそうになって、シエラは奥歯を噛みしめる。冷や汗が額をつたって頬を流れ落ちていった。

「それにさ、強いだけじゃなくて兄上は可愛い人だっただろう」

脈絡がないような言葉だった。歌うように、無邪気な笑顔でエドワルドは言葉を紡ぐ。

エドワルドは相変わらずシエラの腕をきつくつかんでいる。まるでシエラの痛みに気づかないとでもいうように、どこまでも彼は爽《さわ》やかな笑顔を崩さない。

応急処置を施したその腕からは血が滲み出していた。せっかく着替えたメイド服がふたたび血で染まり、エドワルドの綺麗《きれい》な手が深紅に濡れていく。

いつもの純白の手袋は外されているのに、それでもエドワルドの手は白かった。その手が汚れてしまった。

「兄上は可愛い人だ。だけどね、シエラ」

エドワルドの整った顔が近づく。吐息がふわりと額にかかるほどに。

「油断はしないほうがいい。あれでいて僕の兄上だ。油断していると、とんでもないことになるよ」

そう言って、エドワルドはやっとシエラの腕を解放した。

倒れこみそうになった体を両足で支える。

すっかり開いてしまった傷口から、血が音もなく流れているのが分かった。

腕をつたっていく液体が絨毯《じゅうたん》に落ちてしまわないよう、咄嗟《とっさ》にメイド服の袖で腕を押さえた。

エドワルドはときどき故意にシエラを痛めつける。

理由は分からない。シエラは自分がエドワルドを理解できないのを知っている。エドワルドも、シエラを理解できないのを事実として知っている。

互いに、分かり合いたいなどと考えたことはない。

——僕は君を理解しようとは思わない。王族が元奴隷で使用人の君を理解しようだなんて、それこそ傲慢《ごうまん》だ。僕は一生かけても君を理解できやしない。僕たちは、どうやったって分かり合えないよ。

いつか、突き放すようにエドワルドがシエラに言ったことがある。冷たい言葉に、優しさを感じる自分はおかしいのだろうか。

理解できるはずもないのに、それでも孤児たちを理解しようとするジャスティンは、間違っているのだろうか。

正反対の考え方を持つ二人だが、シエラはどちらも誠実に思えた。少なくともシエラにとってはエドワルドもジャスティンも誠実な人。

不誠実なのは、シエラのほうだ。

見つめる先で、エドワルドは自身の手を、たった今気づいたというように見やった。

白く綺麗な、労働など知らない手が、シエラの血で紅く濡れている。腕を流れて肘《ひじ》へとつたっていくその紅い雫《しずく》を光にかざす。

「ああ、汚れちゃったじゃないか」

エドワルドは赤い手を見て微笑《ほほえ》む。

綺麗な笑顔だな、とシエラは思った。

◆◆◆

夜の回廊は静寂に包まれている。

差し込む月明かりが、青白く壁に反射して漂っていた。

床に血を落とさないよう傷口を強く押さえながらシエラは歩く。こんな夜更けに一人で回廊を歩いているのは使用人くらいのものだ。だから、向こうから歩いてくる人影が見えたときも大して気にはしなかった。まさかそれが、知り合いの士爵だとは思いも寄らなかったのだ。

気づいたときには遅かった。近くに隠れる場所もなく、呆気《あっけ》なく相手に見つかることになる。

それでも最後の抵抗とばかりに元来た道を引き返そうとしたのだが、数歩も進まないうちに腕をつかまれた。

「痛っ……」

「えっ、あっ、す……すみません」

後ろからシエラを引き止めたのはランビュール＝ダヌンツィオという男だった。

城に住んでいる士爵。といっても、元から貴族だったわけではない。前国王を暗殺者から救ったという輝かしい功績で爵位を授かった、元平民である。

ランビュールは慌ててシエラの手を離したが、逃がすつもりはないようで、ちゃっかり行く手を遮るように立っていた。ブルーブラックの髪は高い位置で一括《ひとくく》りにしても、腰に辿りつくほど長い。異国風の暗い紫の服は、深夜の薄暗い城では細かい模様が判別できなかった。

見えているのかどうか疑わしい糸目が、申し訳なさそうに歪《ゆが》んでいる。

「すいません。逃げようとするのでつい……。あなた、私から逃げようとするときは大抵怪我をしているときでしょう」

「………」

的確な指摘に返す言葉もない。

ランビュールは士爵だが、貴族と言うより薬師という印象が強い。国王から与えられた王城の一室で、日がな一日よく分からない実験にいそしんでいる変わり者だ。それだけなら害がないが、日常的に薬物の異臭騒ぎや爆発事故を起こしているせいで、シエラはうんざりしながらも注意しないわけにはいかない。

その一方で、薬と名のつくものならなんでも研究対象の彼が調合する薬は、よく効くと城でも評判である。彼はハルキアの義足の具合も定期的に診て薬を処方している。

それなら、怪我をしたときにこそランビュールに会いにくるべきなのだろうが、シエラは痛いのは苦手だった。危険な護衛職に就いている者がこんなことを言うのは変に聞こえるが、好きで怪我をしているわけでもなければ、望んで痛い思いをしているわけでもない。

戦闘時の怪我とは違い、治療に伴う痛みというものは身構える余裕がある。消毒液が傷口に沁《し》みると分かっていてそれでも避けるわけにはいかない。痛みが来るのを待つ、あの瞬間がシエラは苦手なのだ。

子供っぽいと言われようとこればかりはいつまでたっても慣れない。

ついでに言えばシエラは医者も苦手だ。この城に来るまでシエラは医者という存在に出会ったことがなかった。なぜなら、生まれた村は貧しかったし、暗殺者のギルドでは自分の怪我は自分で手当てするのが常識だったからだ。

それなのに、ランビュールという人物は避けようがなかった。彼は怪我人が拒否しても問答無用で治療をする。

「とにかく、診せてください」

しかも所構わず、どこでも診ようとする。

今も、シエラが拒否する間もなく城の廊下で傷を診ようとしている。長年の経験で、こうなってしまっては彼を止めることができないのをシエラは知っていた。仕方なく黙ってされるがままに任す。

ランビュールは手早くメイド服のボタンを外すと、怪我を負った左腕を露《あら》わにする。今が夜でよかったとシエラは改めて思う。この男は昼であろうと人通りがあろうと同じことをするだろうが、こちらには他人の目というものがあるのだ。

黙って傷口を見ているランビュールの目はすでに医者のそれだ。色気などどこを探しても見当たらない。

長い濃紺の髪があたりの薄闇に溶けているみたいだ。いつもの糸目が、傷口を診るときは鋭く開かれる。滅多に見えない瞳は髪とおそろいのブルーブラックなのを、シエラは知っていた。それくらいの付き合いが二人にはある。

彼は士爵であり、薬師であり、そしてシエラがもっとも忌避する魔法使いだ。

だがランビュールに対しては不思議とあまり嫌悪感を持っていない。彼女のなかでは、この男は魔法使いというより薬師だった。

傷口を診終わったのか、ランビュールはシエラの服を正しながら言った。

「来てください」

そう言われて手を引かれる。普段は気弱なくせに医者の目をしているときのランビュールは強引だ。

「この傷、一度ふさがりかけたのがまた開いていますね」

「………そう？」

「誰にやられたんですか？　もしかして、またいじめられているんですか？」

「は、はあ？」

冗談かと思った。耳を疑うとはこのことだ。だが、言いにくそうに低くなった声が、ランビュールの本気を証明していた。本当に、悪い冗談だ。

「私が、いじめられるって？」

「そうです。あなた、誰かにいじめられているんじゃないんですか？」

「……あのね、私もうメイド長なんだけど。それも第二王子のエドワルド様の筆頭護衛」

「知っていますよ」

ランビュールは当たり前でしょうという感じで言い返してくる。

彼のなかで自分がどういう位置づけになっているのか気にはなるが、あまり深く聞きたいとは思わなかった。

たしかに新人時代に先輩メイドからいじめられていたことはある。そのときに、ランビュールの部屋を避難場所にしていたことも事実だ。

だが、自分は一度もいじめられていると訴えた覚えはないし、泣きついたこともない。ただ彼の部屋に黙って居座って、時間が来たら立ち去るだけ。それだけの関係だった。

「私、一応使用人のあいだでは恐れられてるの。第二王子付きのメイド長をいじめる命知らず、そうそういないわよ」

自室の扉を開けるランビュールの背に、きっぱりと告げる。メイド長がいじめられているなんて噂《うわさ》が立ったらエドワルドの名誉に傷がつく。それに、誤解されるのも癪《しゃく》だった。

もう、昔の弱い自分ではない。

「そうですか」

ランビュールの返事はいい加減で、シエラの話を聞いているのか疑わしい。むっとしている彼女を床に座らせると勝手に治療を始める。

その強引さに、異議を唱えるだけの気力が今はない。

「怪我をしたら、ちゃんと治療してくださいと言っているでしょう」

「……今からするつもりだったの」

「あなたの治療は簡単すぎるんですよ。怪我をしても僕のところにちっとも来ない」

「……だって、治療、苦手なのよ。……っ、痛っ！」

傷口に消毒液が沁みる。この瞬間が苦手だ。いや、消毒液をつける直前の、痛みを予感する時間が苦手なのかもしれない。

「治療が苦手なら、怪我なんてしないでくださいよ」

「無理。だって仕事だから」

「怪我することは仕事じゃないでしょう」

「仕事に伴うリスクよ。仕方ないわ」

「……じゃあ、せめて怪我を放置する癖をなんとかしてください」

正体不明の薬草をつけられた傷口がひやりと冷たい。手際よく包帯を巻き始めたランビュールの手元を黙って見つめる。

「放置なんかしてないわ。今はちゃんと……」

「あなたの『ちゃんと』は傷口を水で洗って包帯を巻くだけじゃないですか」

「………」

反論をすべて封じられては何も言えない。

包帯が巻かれたシエラの傷口を、ランビュールがとんと軽く叩いた。治療が終わったときの、彼の癖だ。

「どうも、ありがと」

一応お礼を言ってシエラは立ち上がる。その腕を、下から引っ張られた。

「お願いですから治療は受けてください。いつでも訪ねて来て構いませんから」

「分かったわ」

即答したシエラにランビュールは大げさなため息をつく。

「そう言って、怪我をして自主的にここへ来たことなんかないんですよね」

「…………」

そのとおりなので何も言えない。

うな垂れていたランビュールはやがて顔を上げて苦笑する。

「まあ、いじめられていないんなら今回はよしとしますか」

「だから、あんた、私をなんだと思っているの」

「とにかく三日間くらいは安静にしていなさい。じゃないとその傷、痕《あと》が残りますよ」

「………分かったわ」

思わずあいてしまった間が気まずい。即答しても駄目で、答えに詰まってもいけない。嘘のばれない返答方法ができなかった。上手につけるようになったはずの嘘がここ最近思うようにいかないのは、単に疲労のせいだと思いたい。

ランビュールは何も言わなかったが、代わりにしみじみと情感のこもった長いため息をついて肩を落とす。

「まったく、あなたは……」

「仕方ないでしょう。仕事だもの」

そうだ。仕事なのだから仕方がない。

いつもの呪文《じゅもん》をくり返して、シエラはランビュールの手をそっとふり払った。

夜会がある日は、遠方の貴族たちは城の客室に一夜滞在する。

カルヴァン伯爵は城下町にも屋敷を持っていたが、自領の本宅は遠方だ。彼は翌日の日暮れまで社交に費やし、街がすっかり寝静まったころにやっと自領へ馬車を走らせて行った。

太陽の恩恵のあるうちに帰領しなかったことを、伯爵はすぐに後悔することになる。

◆◆◆

建物がまばらになり始めた街道を、カルヴァン伯爵を乗せた豪奢《ごうしゃ》な馬車が進んでいく。

馬車の前後を、馬に乗った護衛の者たちが隙間なく囲んで走っていた。なるほど完璧な陣形だ。一分の隙もない護衛の仕方だった。

だがいくら完璧な警備であっても、最初から敵が紛れ込んでいたらどうしようもない。

人気のない街道をしばらく進んだところで、不意に先頭の馬が失速した。

御者台の男が慌てて馬車を止めるべく手綱を取る。

あっという間に完璧な陣形が崩れ去る。列が乱れ、馬たちの驚いた嘶《いなな》きがあたりに響きわたった。

と、次の瞬間だった。瞬《まばた》きをするその一瞬で、先頭の馬に乗っていたはずの護衛が姿を消した。誰も乗っていない空の馬だけがその場で立ち往生している。

どこだ、と姿を捜したすぐ後ろの男が、一拍おいて絶命した。

そこに至って初めて護衛たちは、自分たちのなかに交じった敵の存在に気づいて身構えた。が、すでに遅すぎた。さらに二人が音もなく殺され落馬した。

侵入者は夜の闇に舞い上がり馬車の天井に着地すると、続いて御者台の男を短剣で突き刺した。返すその手で馬車の四方にぶら下がっていたランプを次々に破壊する。


運の悪いことに、月は分厚い雲の向こうだった。

突然訪れた暗がりに男たちの目はまだ慣れない。呻《うめ》き声があたりに響く。

カルヴァン伯爵は馬車の中で異変を感じ取った。状況を確認しようとしたが、外へ続く扉はびくともしなかった。

護衛のほうも伯爵を逃がそうと取っ手に手をかけたが一向に開かない。

なぜかと焦り上を見ると、鋭い剣が馬車の天井から扉を貫いている。剣がつかえて開かないのだ。

原因は分かったが、つかえている剣は外そうにもびくともしない。馬車の中から伯爵の混乱した叫びが聞こえる。

男は必死に剣を揺さぶる。それが外せないことをようやく認識すると、今度は自らの武器で馬車の窓を割りにかかる。主人に扉から離れるようにと忠告する余裕もなかった。

ガラスが割れ、伯爵に手を伸ばす。

それが男の最期だった。

彼が地面に横たわると、あとは伯爵の意味不明な叫び声のほかに音はなかった。

助けを求める声を聞き届けてくれる人間はどこを見渡してもいない。街の明かりは遥《はる》か彼方《かなた》で蜃気楼《しんきろう》のように揺らめいているだけだった。

ただ一人で護衛たちを殺してしまった暗殺者は、静かに馬車へ近づいていく。

腰から新しい長剣を引き抜くと、割れた窓から馬車の中へと刺しこんだ。

数秒の苦悶《くもん》の呻きのあと、完全な静寂があたりを満たす。

馬車の周りにたちこめた、むせ返るような血の匂いを、清廉《せいれん》な夜風がさらっていく。

暗殺者はかぶっていたフードをさらりと後ろに払った。

深紅の髪が風になびく。

たいした感慨もなく自分のつくり出した惨状をたしかめると、暗殺者はその場に背を向けた。

VI 彼女と彼の境界線

カルヴァン伯爵の訃報《ふほう》は、彼が死んだ翌朝には城中の者が知っていた。

早朝、畑を耕しに来た男が第一発見者だったという話だ。その惨状はさながら悪魔の所業のようだった、と彼は語ったという。

「悪魔はそんな手ぬるくないよ。失礼だな。やるならもっとちゃんとやる」

喩《たと》えに用いられた当の悪魔は、気に入らない、というように眉《まゆ》を寄せて不平をこぼす。シエラは曖昧《あいまい》な相槌《あいづち》を打ちながらミハエルをふり返った。

「ねえミハエル、何か言いたいことがあるなら早く言ってよ」

「僕が君ごときに何か言いたいことがあると思うの？」

「……ああそう」

言いながらもミハエルは、箒《ほうき》片手に床を掃いているシエラの傍《そば》から離れようとしない。

今日のシエラの仕事は比較的楽なものばかりだった。重いものを持たなくてはいけないような仕事は入っていない。

腕の怪我《けが》に気づいたハルキアの指図に違いなかった。それにしても、シエラは気づかれないよう完璧《かんぺき》にふる舞っていたはずだ。ばれたとすれば、無理やり治療したランビュール＝ダヌンツィオから漏れたとしか考えられない。おせっかいな男だ。

夕刻の掃除を終えてしまえば、シエラの今日の仕事は終わってしまう。このくらいの怪我ならば仕事に支障が出ることはないのに、シエラの副官は心配性で、ランビュールは大げさだ。

部下の無言の気遣いが嬉《うれ》しくないといったら嘘《うそ》になるけれど、と、シエラは一つため息をこぼした。

「ねえミハエル、そこ掃除したいんだけど」

言外にどいてくれという意味を滲《にじ》ませたが、ミハエルには届かない。

彼は窓の外に視線をやったままおもむろに口を開いた。

「君って本当に弱いよね」

「弱くないわ」

前触れなく唐突に放たれた言葉に、なかば条件反射でシエラは答えた。

掃除をしていた手を止め、ふり返る。

血よりもなお紅い深紅の瞳《ひとみ》がまっすぐシエラを映している。

自分の髪の赤色が綺麗《きれい》だと思ったことはないが、ミハエルの、底の見えない瞳の「赤」は美しいと思う。吸い込まれそうな深い赤だ。赤よりももっと赤い真紅。

シエラのそんな賛辞は、過去に「人間ごときに褒められても馬鹿《ばか》にされているみたいでムカつく」と拒絶されているので、心のうちに留《とど》めておく。

悪魔は観察するようにシエラを眺めてからふたたび口を開いた。

「弱いよ。だって怪我している。……いい匂《にお》いがする。血と恨みのこもったいい匂い」

返り血は綺麗に洗い流したはずだし、シエラ自身の怪我もランビュールの薬のおかげですっかり血は止まっている。

だがそれも、悪魔であるミハエル相手では無駄なことだった。

悪魔の嗅覚《きゅうかく》は誤魔化せない。

そんなことは百も承知だが反論せずにはいられなかった。自分は何もできなかった昔とは違う。格段に強くなり、周囲にも恐れられる存在なのだ。

「私は、弱くないわ」

確認するようにくり返す。

「いや、弱いよ。君は弱い。弱くて、愚かで、ちっぽけな人間だ。昔も今も大して変わらないよ。なんでそんなに愚かなの？」

シエラの反論はミハエルの淡々とした口調にいともあっさり砕かれた。

彼は昔からシエラのことを「愚かだ」「弱い」とくり返す。散々言い聞かされてきたから、もう反論する気も起きない。

「たしかに」と素直に認めてしまう自分を、情けないとも思わなかった。

「もうちょっとどうにかできないわけ？　同じ道を歩くにしたって、君は楽じゃない道ばかり選んでいる。弱いのに、怪我をする道ばかり選ぶ」

「好んで怪我をしているわけじゃないわ」

「でも進んで避けようとはしていないだろ、君」

当たり前だ。エドワルドの命ならば、危険だろうとなんだろうと構わない。自ら進んで引き受けたいと思う。そうでなければ存在している意味がないから。

「弱いのに……」

そう言ってミハエルはシエラの隠れた傷をじっと見つめてくる。彼の目にかかっては、苦労して隠したものすべてが露見してしまう。

悪魔にしてみればなるほど弱く見えるかもしれないが、人間の世間一般常識に照らし合わせればシエラは強いのだ。強くなければ、今ここに立っているはずがない。ここに立っていること、それがすなわち強いことの証明だ。

ミハエルといるとシエラは自分が弱いものに思えてしまう。

彼はまだ小さな子供のころのシエラを知っているから。ミハエルの前では、「第二王子の護衛長」という肩書きが無残に剥《は》がれ落ちてしまうのだ。

何も持たない、何もできない、無力な子供に戻ってしまう。

「……弱くないわ」

シエラはもう一度くり返した。

弱くない。強い。

何度唱えても、ミハエルの言葉が頭にこびりついて離れなかった。

◆◆◆

掃除はすぐに片付いた。

夕刻に仕事が切りあがるなど久しぶりのことだ。しかし、空いてしまった就寝までの時間をシエラは今から持て余していた。

自分ほど休暇の使い方が苦手な者もいるまい、とシエラは思う。

空いた時間にしたいことなど何もない。週に一度、一週間の生活用品を調達しに街へ下りるくらいだ。それだって、特に必要のないものは買わないし、一週間分以上の品物を買おうとは思わない。いつ死ぬか分からぬ身で蓄えなど必要ない。

無駄なことは嫌いなのだ。

だからシエラの部屋にはほとんど物がなかった。必要最低限の家具と生活用品がおいてあるだけの可愛《かわい》げのない部屋だ。

休日を満喫するための趣味もない。鍛錬は欠かさず行っているが、それは趣味とは言えない。シエラのような職に就くものにとって、それは趣味ではなく義務だ。

結局のところ自分はつまらない女なのだろう。

仕事以外にやりたいことなどない。仕事をとられたら残るものなど何もない。

エドワルドがいて初めて、シエラに存在意義が与えられると言っても過言ではない。


人気のない城の長い長い回廊は、その両側にガラス窓が並んでいる。ずらりと並んだ透明なガラスは、一様に赤く染まっていた。

山際に沈もうとする夕日が最後の光を放って、空に長くたなびいた雲が朱色に染まる。シエラの足元のタイルも色を変じて輝いていた。

角を曲がると、窓のない回廊に出る。

その暗さに、一瞬目が眩《くら》んだ。

暗がりに人の気配を感じてシエラは道の片側に避けたが、その手を誰《だれ》かに強く引き寄せられ、反撃する間もなく近くにあった部屋へ押し込まれる。

暗がりに目が慣れてようやく、自分を部屋に引き入れた人物を確認して瞠目《どうもく》する。武器に伸ばそうとした手が押さえられたが、シエラは抵抗しなかった。

「……ジャスティン様」

シエラの背中に、冷たい扉の感触がある。

両手はジャスティンにつかまれ扉に押し付けられていた。有無を言わさぬ力があったが、決して力任せというわけでなく痛くはない。

見上げたジャスティンの目はいろいろな感情がない交ぜになった色をしていた。

彼は片手でシエラの手を拘束しなおすと、空いたもう一つの手で部屋の鍵《かぎ》を閉めた。

「おまえがやったのか」

前置きなくジャスティンは言った。

押し殺したような、低い声。

「何の話です?」

シエラはそ知らぬふりで問い返す。

この職に就いてから、嘘《うそ》やはぐらかすのばかり上手《うま》くなった。今も、表情一つ変えない。貴族の社交のように機転はきかないがひた隠しにするのは案外得意だ。ランビュール相手でやらかした失敗は二度とくり返さない。

拘束された両手からジャスティンの体温が伝わってくる。間近に迫る彼の顔に、憤りがあふれ出している。

怖いな、とどこか他人事のように思った。

「あいつは何を考えている」

「あいつとは？」

分かっていて、シエラは首を傾《かし》げる。ジャスティンのまとう空気が冷たくなっていくのを肌で感じた。殺気が部屋を蹂躙《じゅうりん》していく。ざわりと背中が粟立《あわだ》った。

「その怪我で……。知っていて、おまえの主《あるじ》は命じるのか」

「こんなの怪我のうちに入りません」

きっぱりとシエラは言い切った。

この程度の怪我で気遣われるなんて不本意だ。恥ずかしい。

たしかに任務に支障が出るなら意地を張るのはもってのほかだ。しかし、実行できるとシエラが判断した。事実、完璧にこなしてシエラは帰ってきた。

エドワルドはシエラが望んでいることを知っている。

この程度の怪我で任務から外したりしない。それが彼のシエラに対する優しさだ。他人には理解されがたいかもしれないが、もとより分かってくれと言うつもりもない。

「エドワルド様は、お優しい方ですよ」

なぜなら、シエラを利用してくれるから。

余すところなく使い切ってくれる。そう信じられるからこそ、シエラは安心して彼に忠誠を誓えるのだ。

「俺《おれ》はおまえが理解できない」

「そんなの、当たり前じゃないですか」

支配する側とされる側。使う側と使われる側。王子と使用人。

理解できるはずがない。

「無理ですよ。する必要だってありません。努力するだけ、無駄です」

シエラを拘束するジャスティンの手に、力が入る。怪我を負った左腕に鈍い痛みが走ったが表情には出さない。決して出さない。

「おまえは、それでいいのか」

ジャスティンの声は押し殺している分だけ迫力がある。

抑えようとしながらも抑えきれない激情が、拘束された手から直《じか》に伝わってくる。

「もちろんです」

迷わず答えた。

「エドワルド様だって――」

「奴《やつ》の名前は出すな」

ジャスティンが鋭く遮った。

捕らえられているシエラよりも、捕らえているジャスティンのほうが辛《つら》そうだ。

「俺はおまえに惚《ほ》れている」

唐突に放たれた言葉に、シエラは全身を固まらせた。

頭が真っ白になって何も考えられない。何を言われたのか理解できなかった。

対するジャスティンは堂々としたもので、まるでなんの問題もないかのようにもう一度「好きだ」とくり返される。

「は、はあ……」

ちょっと前までの硬直した空気が一気にゆるんだ。

「おまえ、もっとまともな返事はできないのか」

シエラの気がゆるんだのと反対に、ジャスティン表情は険しくなっていく。

まともな返答、と言われても、王子に好きだと言われた使用人のまともな対処の方法などシエラは知らない。

そもそも、王子が使用人に好きだと言うこと自体がまともの範疇《はんちゅう》じゃない。

「……はあ。いやでもあなた――」

「だから、俺はおまえを理解したい」

「…………」

「おまえのすべてを受け入れたい」

「私のすべて?」

「ああ」

分かって、言っているのだろうか。

シエラのすべてはエドワルドに繋《つな》がっているということを。

シエラはエドワルドの使用人で、一部で、手足で、道具だ。これまでも、これからも。多分死ぬまでそうであり続ける。

「私は、エドワルド様の——」

「何も言うな」

苦しそうに告げるジャスティンは、きっとそのことを分かっている。分かっていても、長年憎んできた相手を容易には受け入れられまい。

その葛藤《かっとう》が言葉にならない殺気となってシエラを包む。全身に痺《しび》れが走る。感じたことのない恐怖だった。どんなに危険な修羅場もくぐり抜けてきたシエラが、悔しいことに気圧《けお》される。

指先までがんじがらめにされているような錯覚に陥って、シエラの頬《ほお》が紅潮する。

どんなに求められても、シエラはジャスティンのものにはなれない。

ジャスティンの求めは行き場を失《な》くして異様な殺気となり部屋に充満する。体が熱かった。爪《つめ》の先まで熱を持ったかのようだ。怖いと思うと同時にべつの感情がこみ上げてきて、シエラは戸惑う。こみ上げてくる感情に、琥珀《こはく》の瞳がじわりと濡《ぬ》れる。

　ジャスティンのこの殺気は、シエラのためだけのものだ。全身全霊で求められている。こんな、いいところなどなに一つ思いつかない自分が。

　シエラはジャスティンに応《こた》えられない。それを彼も分かっている。だからこそ、彼女は口をつぐむしかなかった。応えられる言葉などシエラは持っていない。

　黙ったシエラの頬に、ジャスティンは手を滑らせる。その手が、目元をそっと撫《な》でた。

「……シエラ、泣くな」

「泣いてなんか……」

　いない、とつづけようとした言葉が途中で途切れる。まつ毛に落とされたキスが熱い。

「あいつなら、おまえのことを理解できるんだろう」

　否定の言葉は、ジャスティンに奪われた。

　控えめに重ねられた唇が、離れたときにかすかな音を立てる。思考に霞《かすみ》がかかる。

「少なくとも、あいつなら、おまえにこんな居たたまれない思いはさせない。ちゃんと利用してやれる」

「ジャスティン様……」

　シエラには何も言うことができなかった。何か言いたいのに、言葉が一つも見つからない。気ばかり焦って声にならない。

「おまえは……エドワルドに従うことで価値を見出《みいだ》しているんだろう？」

「…………」

「俺だって、おまえを慰めてやりたい。だが、俺では無理なんだろうな」

「……そうですね」

静かに傷ついている氷の瞳。目の前で傷ついているこの男を、シエラも慰めてやりたいと思う。けれど、どうしたって無理だという答えにしか行き着かない。

「だが、俺は……シエラ、おまえに惚れていることだけはたしかだ」

一時の気の迷いだ。そう思いたかった。

すぐに飽きて、シエラのことなど忘れてしまう。

だから、彼女はジャスティンの口付けを受け入れた。しだいに深くなっていく口付けが、シエラの思考を奪っていく。

「…………っ」

頭のどこかで警鐘が鳴り響いている。

ジャスティンの大きな手が、シエラの胸元のリボンを解く。音もなく、赤いリボンが絨毯《じゅうたん》に落ちた。

視界の端に映ったその光景が、涙でぼやける。

息が苦しかったが、それ以上に胸が苦しい。

ようやく長いキスから解放されて、シエラは空気を求めて喘《あえ》ぐように大きく息を吸った。荒い自分の呼吸だけが、痛いほどの静寂に満たされた部屋に大きく響く。

ジャスティンはそのままシエラの体を軽く抱き上げる。

「……すまない」

何が、とシエラは思う。

損をしているのはジャスティンのほうだ。よりによってこんな女に引っかかるなんて、冗談にしたって笑えない。

ふわりと、いささか丁重にすぎるほど優しくベッドの上におろされた。

見上げるジャスティンの瞳が苦しそうで、思わずシエラは自分から手を伸ばす。

その手をしっかりと握って、ジャスティンが柔らかなシーツに膝《ひざ》をついた。上等なベッドはきしりとも音を立てない。

「好きだ、シエラ」

彼は静かなキスを落とす。

恐る恐るといったようなそのキスに、シエラは居心地が悪くなる。まるでどこかの貴族の令嬢に対するような丁寧さだ。

こんなふうに大事に扱わなくていいのに。手荒に扱うくらいで自分にはちょうどいい。

ブラウスのボタンを外す手も、これでもかというほど優しい。

肩口がはだけたところで、彼はふと手を止めた。シエラは少し微笑《ほほえ》んでジャスティンの頬に触れた。

「……我に返りましたか？」

「なにがだ」

「え、だから……」

我に返って、自分がたちの悪い女に手をかけていることに気づいたのではないか。シエラはそう思ったが、口には出さなかった。

言うより先に、ジャスティンの手がシエラの左腕に巻かれた包帯に触れたからだ。

「この怪我で、あんな無茶をしたのか」

「さあ。なんのことでしょう」

あくまでシエラは知らぬふりを突き通す。

何の証拠も残してきていないはずだ。だからジャスティンは勘だけでこう言っているのだろうが、妙な確信を持っているみたいだった。

「あんな」と言うということは、現場の状況を把握しているということだ。

あの凄惨《せいさん》な状況をつくり出したのがシエラだと確信しているならなおさら、ジャスティンの好意が信じられない。

王子の戯れだ、そう思う心が、熱を帯びたジャスティンの瞳に打ち砕かれる。

そっと、その大きな体からは想像できないほどの慎重さで、ジャスティンはシエラの包帯の上にキスを落とす。

彼の頬に手を触れる。その手を癖のついた黒髪がくすぐった。見た目より柔らかい。

ずっと触っていたいような心地いい感触に、シエラの口元がゆるむ。

「あなたの髪、触り心地がいいですね」

「……おまえのほうが柔らかい」

そう言って一房手にとると、そっと口付ける。

「…………」

恥ずかしくて、声にならない。

こんなに甘い空気は、シエラには合わない。

昔から、たびたび「引っ張りやすい髪型だ」と言われ、言葉どおりぞんざいに引っ張られた自分の髪が、目の前で丁重な扱いを受けている。それが信じられない。

「なぜ、おまえは俺に近づいた」

ほとんど独白に近い呟《つぶや》きが落ちる。

「なぜ、俺に有利なように動く？　それも奴の意思か」

「……エドワルド様のお考えがどうであれ、私はジャスティン様みたいな人、好きですもの。だからですよ」

甘いだけの、現実感のない言葉。こんな言葉に、ジャスティンは誤魔化されてはくれない。

「おまえは、そういう女じゃない。あいつに命令されれば、俺を陥れろと言われても頷《うなず》く」

「分かっているじゃないですか……、私のこと」

「おまえの、エドワルドへの忠誠心という点だけはな」

苦々しそうに吐き捨てる。

「おまえは、あいつの命令ならば俺を殺せと言われても頷くだろう」

「それは……、どうでしょう」

ありえない命令だとは思うが、想像して首を傾げた。

エドワルドはジャスティンを害さない。精神的にはどうであれ、肉体的に傷つけることなどあり得ない。

ジャスティンを殺せなど言われるはずがないが、もし言われたら……。

「答えに詰まる時点で、答えになっている」

答えられないシエラに代わって、ジャスティンが結論付ける。

「だが、俺はおまえを諦《あきら》める気はない」

「ジャスティン様……」

「不用意に近づいてきたおまえが悪い」

強い口調で言われ、一瞬本当に自分が悪い気がしてしまう。

ジャスティンは何を言うときも自信に満ちている。自分に恥じることのない人の言葉だ。

それに対して自分は……。


シエラは静かに目を閉じて、ジャスティンの口付けを受け入れた。

構図的には王子が使用人を組み伏せているように見えるが、どちらかと言えば組み伏せているジャスティンのほうが苦しく、辛そうだ。

どこかのお姫様に接するようにジャスティンは優しくシエラの口を塞《ふさ》ぐ。

シエラもせめて与えられる優しさの半分くらいは返したい。そう思うけれど、エドワルドの腹心である自分がジャスティンを慰めることなど不可能だ。


――私とあなたとでは、まったく違う。


理解し合うことなどできない。

きっと、永遠に交わることなどない。

それでも、今だけは、ジャスティンの痛いほどの愛情を受け入れたかった。

すぐに覚める夢だとしても。それはそれで構わない。

ジャスティンが目を覚ましたとき、腕の中にあったはずのぬくもりはとうに消え失《う》せていた。

彼に気配を悟らせずいなくなる女など、彼女くらいのものだろう。

白いベッドに、手を這《は》わせた。

冷え切ったシーツが、彼女の不在を嫌というほど突きつけてくる。

◆◆◆

昨夜の何か一つでも違っていたら、今、隣で眠るシエラを見ることができただろうか。

もし、彼女のすべてを受け入れることができていたら。彼女が愛する彼女の主ごと、ジャスティンが受け入れることができていたら……。


ベッドから下りたジャスティンの目に、ふと赤いリボンが映る。

シエラのメイド服から取り去ったリボンだ。同色の赤い絨毯の上に落ちていたせいで彼女は気づかなかったのだろう。

ジャスティンは歩いていって、それを手にとる。

彼女の髪と同じ色。深い赤。

シエラはエドワルドを愛している。男女の愛でなくとも、種類は違っても、彼女はエドワルドを誰よりも愛している。

いつでも、どんなときでも彼女の一番はエドワルドだ。それを変えることはできない。

死ぬその瞬間までシエラはエドワルドの一部であり続ける。

愛する女の愛するものを、自分も愛さなくてはいけないだろうか。

たとえそれが憎み続けた相手だとしても。何度も殺そうと試みた相手だとしても。

ジャスティンの澄んだ瞳が、手の中の深紅のリボンを映す。

その青のような緑のような瞳が、深紅を映して紫に染まる。

心は、まだ決まらなかった。

◆◆◆

「ねえ、あの人、いい人すぎるわ」

「そうでしょう。でも、いい人というだけじゃないですよ」

シエラの突然の言葉にも、マーシャルは少しも迷わず即答した。

馴染《なじ》みの酒場に行ったら、マーシャルが酒を飲んでいた。シエラはいつもの自分の席に着いたが、不本意なことにマーシャルのいつもの席はシエラの隣の席なのだ。

自然、隣り合う形で飲むはめになる。

そして何杯目かで、やっと彼女は口を開いた。

「心配になるの。甘すぎだわ、使用人に対して」

「でも甘いだけの人ではありません。あなたにそんな心配をされるような人じゃない」

「分かってるわ。だけど、放っておけないような気持ちになるのよ」

シエラとて承知している。ジャスティンだって画策くらいするし、シエラたちがしているようなことを、マーシャルたちだってやっている。

考えがまとまらず半ば自棄《やけ》気味にグラスの中身を一息にあおった。自分で自分のグラスに注ぐ液体は琥珀色だ。シエラの瞳と同じ色。

「……それにしても、なんであんたが隣の席なのかしら。せっかくのお酒が不味《まず》くなるわ」

「文句を言うのならあなたがどこかへ行ってくださいよ」

今さらのような訴えに、マーシャルも平然と返す。

「ここは私の席なのっ」

「私も、ここが私の席です」

お互いに分かっていて言い合う。

同期で城仕えになり、まだそれぞれの主に付く前から、この席が自分たちの定位置だった。

べつに意図して隣同士になったわけではない。気づいたらこうだったのだ。

酒場では、敵も味方もない。

貴族の使用人たちが大勢飲みに来ているが、ここには仕事上の人間関係を持ち込まないのが暗黙のルールになっていた。だから安心する。

ついだばかりの酒を一気に飲み干してふたたびボトルを手にとる。その手を、マーシャルにつかまれた。

「……何よ」

「ペースが速いです。あなたらしくもない」

「私らしいってなによ」

言い返してボトルを強く引いたが、マーシャルも譲らなかった。奪い取られ、シエラは憮然《ぶぜん》とした表情でそっぽを向く。空のグラスを片手でもてあそぶ。

透明なグラスのなかで、氷がカラカラと透き通った音を立てた。

「私らしい、ね……。少なくとも、上品な人間じゃないのはたしかだわ」

自嘲《じちょう》気味に鼻で笑う。

下品ではないと信じたいが、決して上品な人間ではない。王子様の相手としてふさわしい人間ではない。元奴隷で暗殺者の成り上がりだ。汚いことも平気でする。エドワルドに命令されるのであれば、顔色一つ変えずにえげつないこともやってのける。

「汚いだけの存在よ」

高潔なジャスティンに似合うはずがない。

そもそも、似合う似合わないを論じるのが間違っている。そういう次元の話ではない。

「たちの悪い女なの。私」

喋《しゃべ》りすぎているのは分かっていた。マーシャル相手に愚痴《ぐち》を言っても仕方がない。

彼の一番はジャスティンだ。主人の害になりそうなものを排除するのが彼の仕事だ。

だから多分、自分はマーシャルに「そうだ」と同意して欲しいのだろう。おまえなど話にならない、身の程知らずもいいところだ、と。

だが、返ってきた言葉は意外なものだった。

「あなたは、自分で思っているよりは綺麗だと思いますよ」

平素からは想像できない台詞《せりふ》に、思わず顔を上げた。酔っているのかと疑ってマーシャルの顔を見るが、そこにあるのはいつもと同じ冷静な漆黒の瞳だ。

「……下手な慰めの言葉をどうも」

「慰めで言ったわけじゃ――」

「何を企《たくら》んでいるのよ」

慰めで言ったわけでないならますます彼の真意が疑わしい。今さらマーシャルが自分相手にお世辞を言うとも思えなかったが、ならばどんな思惑が潜んでいるか分からなかった。

シエラの剣呑《けんのん》な視線を受けたマーシャルが、大きくため息をつきながら視線をそらす。

「まったく……私のことが信用できないならそれはそれで構わないですけど、少なくとも、ジャスティン様の人を見る目はたしかです」

マーシャルには悪いが、その目も今回ばかりは誤作動を起こしたとしか考えられない。

自分のような女に引っかかるということは、そういうことだ。

マーシャルが視線をそらしている隙《すき》にボトルを引き寄せグラスに注ぐ。琥珀の液体が勢いよくグラスを満たしていく。

「あっ、ちょっと」

「いいでしょ、べつに。どうせそこまで酔わないんだから」

護衛は酒を飲んでも前後不覚になるまで酔うことはまずない。酔っているように見えても、何か事が起これすぐに素面《しらふ》に戻れる訓練を積んでいる。

シエラも酔っているように見えて頭は冷静だ。

ごくたまに、酒を飲んでたがを外せる人間が羨《うらや》ましいと思うときもある。飛ばしたい記憶は数え切れないが、そのどれもを自分は抱えて生きていかなくてはいけない。そう決意してこの仕事に就いたし、これからもそれは変わらない。

だけど、正直今回のことは忘れてしまいたい。そうすれば、こんな風に悩むこともなかった。

「シエラ……」

「何よ」

マーシャルはふたたび真剣な目をしていた。

「ジャスティン様は正しい目で人を見られる方ですよ。あなたがなんと言おうと、ジャスティン様の目にはあなたが正しく映っているはずです」

「………」

「私は信じられなくとも、ジャスティン様のことは信じられるでしょう」

「信じないわ」

意地になって言い返して、テーブルに載せた腕に顔をうずめる。

マーシャルはなにもかも知っているふうな口調で続けた。

「応援はしません。けれど、私はジャスティン様を信じています」

厳しい声音のなかにどこか優しさも感じて、テーブルに顔を載せたまま隣の男を見上げた。

マーシャルはジャスティンのことを一等大切に思っている。その彼が、シエラにこんな言葉をかけてくれる重大さを、彼女も十分分かっているつもりだ。

もしシエラが同じ立場に立たされたら、果たして同じことを相手に言えるかどうか……。

そう考えると自然に笑みがこぼれた。

マーシャルの意見には同意しかねるが、言ってくれたことには感謝する。

「ありがと」

言った瞬間マーシャルと目が合った。が、すぐに視線をそらされる。くるりと反対方向を向いてしまった彼の服を、シエラは軽く引っ張った。

「ちょっと！　これでも素直にお礼言ってんのよ。無視することないじゃない！」

「……っ、ちょっと！　離してくださいよ」

いくら引っ張ってもマーシャルはこちらを見ようとはしなかった。離してくれとは言っても無理やりふりほどこうとはしないところが甘い。どこかの王子と似ている。

腹いせになおも強く引っ張ったシエラに、ぼそりと非難がましい呟きを漏らした。

「……『たちの悪い女』というのには、同意します」

「はあ？　さっきと言っていること逆じゃない！」

「ああもう、不用意に笑わないでくださいよ」

「何言ってんのよ本当に……訳分かんない男ねあんたって」

文句を言いながら、シエラの心はここにはいない人物に占められていく。


——不用意に近づいてきたおまえが悪い。


そう言ったジャスティンの顔を思い出す。

口調は強引なのに、それとは対照的に触れてくる手はひどく優しかった。

このまま、シエラのことなど忘れてしまって欲しい。
一夜明けて、冷たい朝の空気とともに情熱も冷めてしまえばいい。
グラスに残った琥珀の液体に、酒場の薄暗い照明が映り込んで揺れていた。
まるで今の自分の心みたいだ。
ふわふわ揺らいでいて、定まらない。シエラの一番は、動きようがないというのに。
こぼしたため息が酒場の喧騒《けんそう》に呑《の》まれていく。
彼は今ごろ、何をしているだろうかと、ふと思った。

Ⅶ　たとえばすべてを包む大海のように

その日は、ぬけるような青空だった。

追悼式を行うにしては、少々嫌味なほどに晴れわたった空から、さんさんと太陽の光がふり注いでいた。

式の主役はエドワルドの後援者の一人、今は亡きカルヴァン伯爵だ。

死んでから一週間以上経《た》っているが、いまだ伯爵を殺した犯人は見つかっておらず、事件は貴族たちの噂話《うわさばなし》の中心を占めている。

式場へと向かう廊下を、シエラはエドワルドと歩いていく。

半歩先を行くエドワルドの背中越しに、シエラはとある人物の姿を見とめて思わず立ち止まりそうになった。遅れた距離を、早歩きで詰める。

ジャスティン＝ロベラッティが、廊下の向こうから歩いてくる。

エドワルドはまっすぐ前を見ながら歩いている。

城の大回廊で貴族同士がすれ違うときは、どちらが道を譲るかで権力の差を示すものだ。が、今は互いに腹心の部下を一人ずつしか伴っていないし、ここは人気のない回廊だ。エドワルドもジャスティンも、歩調を緩める気配はなく、道を譲る気配もない。このまま行けば、あと少しですれ違う。

ジャスティンの後ろを歩くマーシャルと目が合った。

「譲りませんよ」とその漆黒の瞳《ひとみ》が言っている。シエラとて譲る気はない。

あと三歩という距離で、シエラは思わずジャスティンを見てしまった。見るつもりはなかったというのに、導かれるように彼の目を見てしまう。

ふわりと、かすかな風とともに二人の王子はすれ違った。

まるで相手の姿が見えないとでも言うように、完全に無視して通りすぎる。

ただの一度も、ジャスティンと目は合わなかった。彼は、一度もシエラを見なかった。


やはり、ジャスティンはシエラのことを諦《あきら》めたのだろう。

マーシャルには悪いが、今回ばかりは彼の思い違いだ。彼だって、たちの悪い女に引っかかることくらいあるだろう。しばらく経って自分の過ちに気づいたに違いない。

何を血迷って自分などを望んだのか分からないが、あの日以来ジャスティンとは接触していなかった。というより、彼が接触してこなかった。久しぶりに見たジャスティンは相変わらず無愛想で、最後のときにシエラに向けられた甘い言葉は、とても今しがたの彼から連想できるものではない。夢だったのではないかとすら思ってしまう。

忘れよう、とシエラは思った。

ジャスティンがすれ違うときシエラを見なかったのと同様に、シエラもあの日のことは忘れてしまおう。

王子の気の迷いなどよくあることだ。あの日受け入れたことを後悔はしていない。彼はこちらが恥ずかしくなるくらい優しかった。

あんなに優しい彼が、シエラに構うことで評判を落とす様など見たくない。

ほっとすると同時に、どこかで寂しいと感じている自分がいてうろたえる。しつこいくらいに「これでよかったのだ」とくり返している自分に気づいて愕然《がくぜん》とする。

それでも唱えずにはいられない。


——これでよかったのよ。


お人好《ひとよ》しな王子様を騙《だま》す趣味は自分にはない。

これでよかったのだ。ジャスティンにとっても、シエラにとっても。

そう言い聞かせても、寂しいと訴えた心は容易には宥《なだ》められてはくれなかった。

城の中庭に位置する広場は大勢の貴族連中で埋め尽くされていた。いつもは華やかな貴族令嬢たちも今日ばかりは黒い喪服を着ている。

シエラたち使用人はいつもどおりの服装だが、胸元のリボンだけは赤ではなく黒にしている。

そういえば、あの日、リボンを一つ失《な》くした。

ジャスティンと言葉を交わした最後の日だ。

思考をふり切るように、彼女は視線をすっと前へ戻した。


ちょうどエドワルドが棺《ひつぎ》に花を捧げているところだ。

彼はすっかり気落ちしている。少なくともそう見える。

エメラルドの瞳をうるませて、しかし涙はこぼさないというように必死で耐えているようにさえ見える。心優しくとも毅然《きぜん》とした完璧《かんぺき》な演技。

内情を知っているシエラでさえ騙されそうになるのだから、彼の故人に対する想いをほかの貴族たちは疑いもしないだろう。

演技をするなら、中途半端は駄目だ。やるなら徹底的に、それこそ泣き真似《まね》くらいはしなくてはいけない。エドワルドは自分の母親の葬式では泣いて見せた。

シエラだけが、伏せた顔の下で彼が笑いを抑えるのに必死だったのを知っている。

だが、集まった貴族たちのうち一体何人がエドワルドを責められるだろう。

彼らが関心を抱いているのは、伯爵の死ではなく誰《だれ》が伯爵を殺したか、だ。

シエラはここ一週間で嫌というほどその手の噂話を耳にした。城の至る所で、暗殺現場の様子が興味本位で語られ、その惨状を「怖い」と言いながら楽しんでいる。それが貴族だ。

犯人として一番疑われているのはほかならぬジャスティン＝ロベラッティである。これはもう断トツだ。エドワルドの政敵として、彼の有力な支持者のカルヴァン伯爵を殺す理由が、ジャスティンにはある。

生前の伯爵がジャスティンへの嫌悪を露《あら》わにしていたのも、噂を増長させる要因の一つだ。

図式としては完璧だ。否定する要素がどこにもない。

噂の的であるジャスティンは静かな面持ちで列席している。ごく淡々とした様子で、間違っても演技で涙など流さない人だ。

それがまた噂をあおる。

装うことが極端に嫌いな彼らしいな、とシエラは思った。

嘘《うそ》をついて演技をして、大多数の意見に同調する。それだけでずいぶんと生きやすくなるのに、ジャスティンは一切の妥協を許さない。高潔であることが、結果彼を苦しめている。

もっと、幸せになって欲しい。もどかしい。

多くを手に入れることのできる立場にいるのに、彼はあまり恵まれているようには見えない。

望むものがささやかすぎるのかもしれない。

追悼式を終えたエドワルドは瞬く間に貴族たちに囲まれてしまった。皆、気落ちしているエドワルドを励まそうと躍起になっている。

第三者のシエラから見ると滑稽《こっけい》だ。

エドワルドはどの言葉にも相応に感謝を述べつつ、でもしばらく一人にしてくれともっともらしいことを言って貴族たちの輪から逃れる。

「だいぶ落ち込んでいるようだね」

「……ブライアン様」

会場の端にいたシエラに、ブライアン＝カペラが声をかけてきた。

平素は派手な格好の彼も、今日ばかりは異なる。豪華なファーも、人目を引く帽子も、装飾の凝った大剣も帯びていない。だが、どうにも目立つことには変わりなかった。

リリーの兄であり、カペラ侯爵家の長男。未来の侯爵。社交界では遊び人として名を馳《は》せている人物だ。

妹と同じ金色の長い髪が、黒い服によく映えている。その髪がかすかに揺れている様を見ながら、シエラは口を開いた。

「ええ、それはもちろん。大事な支援者の一人でいらっしゃいましたし、それ以上にエドワルド様にとってはご親戚《しんせき》ですから……ここ一週間はひどく塞《ふさ》ぎ込んでおられましたよ」

「いや、エドワルド様のことじゃなくて、私が言っているのは君のことだよ」

「わ、私……ですか？　私が、落ち込んでいるように見えますか？」

「ああ。そう見える」

絶句する。言葉が出てこない。

シエラには、ブライアンが何を言っているか理解できなかった。が、慌てて取り繕う。

「それは……そうですね。主《あるじ》の大切な人が亡くなったんですから……いくら私が薄情な人間でも、少しは落ち込みますよ」

心にもないことを言ってのける。ブライアンがこれで納得するとはとうてい思えなかったが、彼は不用意に他人の内情にまで首を突っ込まない人だ。

案の定、わずかな苦笑をこぼしただけでほかには何も言わずに立ち去ってくれた。

——落ち込んでいる？　私が？

少なくとも、ブライアンにはそう見えたのだ。

原因など、考えたくもなかった。

だからシエラは蓋《ふた》をする。余計なものがあふれ出してこないように。

これ以上、かき乱されないように。


エドワルドと連れだって歩く廊下は静かだった。

貴族たちはまだ広場で社交中なのだろう。彼らにとっては追悼式でさえ立派な社交の場だ。

一歩先を歩くエドワルドは気分が優れないという理由で一足先に舞台から退場した。

「まったく、笑わないようにするのが大変だよ」

その目が、悪戯《いたずら》っぽく笑っている。シエラも微笑を浮かべた。

「お上手でしたよ。私も騙されそうでした」

「……ねえ、シエラ。上手な泣き真似の方法を教えてあげようか」

「どうするんです？」

「笑いを堪《こら》えればいいんだよ。顔を隠して俯《うつむ》いていれば、傍《はた》から見れば泣いているように見えるんだ」

「なるほど。いつか機会があれば使わせていただきます」

そんな機会は永劫《えいごう》ないだろうがシエラは畏《かしこ》まって答える。人の気配はないが二人の会話は小声だ。自然、距離も縮まる。

こういう話をしていると、彼とジャスティンがまったく違う人間だということが改めて浮き彫りになる。

ジャスティンは泣き真似などしようと思ったことさえないだろうし、もし心底悲しくて泣きそうになってもじっと堪える人だろう。堪えて、そして一人きりになったときに落ち込む人だ。

いつか、そんなジャスティンを慰められる人が現れるといい。シエラは切に願う。

虚飾の好きな貴族のなかにだって、探せば一人くらいジャスティンの気に入る女がいるはずだ。

とびきり可愛《かわい》くて上品で気立てのいい貴族のご令嬢が、ジャスティン＝ロベラッティの隣に静かに侍《はべ》っている。そんな未来を想像して、シエラは淡く微笑した。

◆◆◆

カルヴァン伯爵暗殺の噂も、日々の新しい話題のなかに埋もれていったころだった。

エドワルドと二人、連れ立って城の回廊を歩いていたシエラの目が、柱の陰から現れた人影を捉《とら》えて瞬《まばた》いた。漆黒の衣装に身を包んだ人物はエドワルドの行く手を阻むように立ち塞がる。

「兄上、どうかなさいましたか？」

エドワルドは少しも慌てず立ち止まると微笑《ほほえ》んでジャスティンを見上げる。

シエラは武器にかけた手をどうするか迷った。ジャスティンのまとうオーラは静かだが、現れ方が不自然過ぎる。待ち伏せていたとしか思えない登場の仕方なのだが、彼のほかに部下の気配はしなかった。

「勝負しろ、エドワルド」

「……兄上？　どういうことですか？」

唐突な一言に、エドワルドは珍しくポーカーフェイスを崩して聞き返した。シエラも呆気《あっけ》にとられて思わず武器を取り落としそうになる。

ジャスティンだけが、ただ一人落ち着き払っていた。

「勝負は勝負だ。俺《おれ》はおまえに、剣での勝負を申し込む」

「戦う理由が、ないでしょう」

エドワルドの目が宙を泳ぐ。ジャスティンの真意を計りかねて動揺している。

彼のこんな表情は極めて珍しい。というより、初めて見たかもしれない。

しかし純粋に感心するような余裕はシエラにも同様になかった。ジャスティンの真意が読めないのは、彼女も同じだ。

弟のギリギリの切り返しに、ジャスティンは力強い一言を言い放つ。

「俺にはある」

「兄上にはあっても僕には……」

　エドワルドはそこで一度言葉を切った。

　やっとまともに兄の視線を受け止めて、それからしばらく間をおいて静かに答える。

「お受けしましょう」

「ちょっ……エドワルド様!?」

　一番焦ったのはシエラだった。当然上手く断るだろうと思ったエドワルドが「受ける」と言った。よりによって剣の勝負だ。双方の力量を知っているシエラは断言できる。

　エドワルドはジャスティンには勝てない。

　そもそも、勝負の形になるかどうかさえ怪しい。それほどにジャスティンの剣技は凄《すさ》まじい。エドワルドも弱くはない。下手な刺客なら撃退できるくらいの腕前はある。貴族の手習いのレベルは軽く超えているのだが、いかんせんジャスティンが強すぎる。

　結果は火を見るより明らかなのに、シエラは止められない。

　主であるエドワルドが本気で望んでいるのなら、シエラが止めることは許されない。

「……なら、せめて場所を。ここは目立ちすぎます」

　どんな場所でも耳ざとい貴族はどこからか噂を聞きつけるだろうが、これがシエラの精一杯だった。

◆◆◆

案内したのはシエラもたまに使う使用人たちの鍛錬場だ。

人がいないのを確認して、部屋の扉に鍵《かぎ》をかける。錠が回る音が広い部屋にやけに大きく響いた。

ふり返ると、早くもジャスティンの両手が双剣の柄にかかっていて、対するエドワルドも間合いを取っていつでも抜剣できる構えだ。

ジャスティンから痛いほどの気迫が漂ってきている。戦う前から、勝敗が決してしまっている。それでもシエラは向かい合った二人から数歩遠ざかった。

真剣での勝負だ。ジャスティンがどういうつもりか知らないが、不測の事態に備えてシエラはいつでも踏み込めるように武器に手を添える。万が一のときには身を挺《てい》してでもエドワルドを守ることができるように。

先に動いたのはジャスティンだった。

抜き放った双剣が風を切ってエドワルドに迫る。

まさか殺そうとは思っていないだろう。だけど、冷や汗が背中をじわりと濡《ぬ》らす。握った武器が汗で滑りそうになった。

いつか見た夢と目の前の光景がだぶる。

——目の前でエドワルドに剣がふり下ろされているというのに、自分はそれに間に合わない。どう手を伸ばしても、叫んでも、何一つ届かない。

結末を予想させるようなその光景に、心臓がわしづかみにされる。違う、と自分に言い聞かせた。これは夢ではなく現実で、ジャスティンはエドワルドをここで殺しはしない。

今にも飛び出してしまいそうな足を必死で床に縫いつける。

そんなシエラの目の前で、エドワルドはジャスティンの剣を後退することでかわす。繰り出される第二撃を剣の腹でなぎ払った。

避けることには成功するが、エドワルドが体勢を立て直すまでジャスティンは待ってはいなかった。弾《はじ》かれたのとは別の剣で突きを繰り出す。

それなりに重量のある剣を二本同時にふり回せるジャスティンの腕力には脱帽する。本当に、剣士のような人だ。

エドワルドは防戦一方だった。

だが、まだなんとか立っている。「勝負」という言葉に恥じない戦いっぷりを見せている。それが、おかしいのだ。

ジャスティンは最初の一撃で勝敗をつけることも可能だった。

もともとそれくらいの力の差があるはずなのだ。それなのに、防戦一方とはいえ様にはなっている。

「……手加減、している？」

シエラの呟《つぶや》きは剣戟《けんげき》の狭間《はざま》に呑《の》まれて消える。

今もだ。たった今、ジャスティンは踏み込めるのに踏み込まなかった。

なぶっているのではない。まるで、手違いで傷つけてしまうのを恐れているように。少しも変わらない表情とは裏腹に、その双剣は微妙ながら感情があるように思えて……。

「……終わる」

シエラが呟いた次の瞬間、ジャスティンの剣がエドワルドの剣をすくい上げた。

エドワルドは持ちこたえようと諸手《もろて》で柄を握りしめたが、ジャスティンは容赦しない。さらに踏み込んで、エドワルドが後退する間も与えず剣を弾き飛ばした。

主の手を離れた剣は勢いよく空中に舞い上がり、二、三度床に打ちつけられてから回転を止めた。

エドワルドは押し切られたまま体勢を崩し、床に座り込んでいる。どうやらさっさと立つ気がないようで、座ったままジャスティンを見上げてため息をつく。

「やっぱり兄上は強い」

そう言うエドワルドに負けた悔しさなど微塵《みじん》も感じられなかった。

むしろ嬉《うれ》しそうにさえ見える。自慢の兄の揺るぎない強さをたしかめて、純粋に誇らしいと思う弟の表情だ。

エドワルドも、自分が手加減されていたことには気づいているだろう。

ジャスティンは無言で双剣を鞘《さや》におさめる。弟を見下ろす視線に感情は見えない。

「そろそろ、なんで『勝負』なのか教えてくださってもいいんじゃないですか？」

エドワルドは緩慢な動作で立ち上がりながら、なおざりに服の埃《ほこり》を払う。

「俺は王位継承権を放棄する」

「………は？」

エドワルドの手が、止まる。

シエラも訳が分からなかった。

「兄上？　何を言って――」

「代わりに、その女は俺がもらう」

今度こそシエラの頭は真っ白になる。開いた口から声が出てこない。

数日ぶりに会ったジャスティンは、今の今までシエラのことを見もしなかった。それは、もう自分のことを諦めたからなのだと勝手に自分で解釈した。

それなのに、それどころか、まさか……。

「何を……何を仰《おっしゃ》っているんですか。ジャスティン様、あなた……」

初めて、ジャスティンがシエラを見る。そしてもう一度くり返した。

「王位と引き換えに俺はおまえを望む」

「王位と引き換え、ですか……」

答えたのはシエラではなかった。エドワルドが薄く笑いながらシエラをちらりと見やる。

「きっつい冗談ですね、兄上。きつすぎて……笑えないですよ」

馬鹿《ばか》にしたようなエドワルドの態度にも、ジャスティンは冷静な表情を崩さない。

心を乱されているのは、エドワルドのほうに思えた。

「冗談ではない。俺はおまえとは違う。嘘などつかない」

「だとしたら、とんでもなく愚かですよ」

「……なんだと」

エドワルドの瞳が挑発するように光る。

「こんな女のために王位を捨てるなんて、愚かすぎて笑えないですよ」

「貴様……」

「いいんですか?」

「……なにがだ」

しだいに険悪になっていく雰囲気のなかで、エドワルドはシエラに蔑《さげす》むような視線を投げる。

ジャスティンがつられてシエラを見た。

「彼女、僕のお古ですけど」

瞬間、ぎりぎりで保たれていた均衡が崩れる。

　シエラが止める間もなく、気づいたときにはエドワルドは床にしたたかに打ちつけられていた。ジャスティンが殴ったのだ。

「エドワルド様っ！」

　一度殴っただけでは気が収まらないのか、ジャスティンはふたたび拳《こぶし》をふり上げる。だが、エドワルドもただ殴られているだけではなかった。起き上がって殴り返す。

「ちょっ……やめてください！　二人ともっ！」

　シエラの叫びは届かない。

　見えないところを殴るならまだしも、ジャスティンはそんなことを考える余裕もないようだった。おかげでエドワルドの口元は切れて血が滲《にじ》んでいる。

　これでは人前に出られない。

「おまえのっ、そういうところが……っ」

「…………っ」

　力ずくで止めようとしたシエラを、その視線だけでエドワルドが制止する。彼に命じられては動けない。黙って見ているしかない。

　行き場を失った手が宙を泳ぐ。

「おまえは……なんでも一方的でっ」

「それは兄上だって」

「うるさい！」

ある意味、健全な兄弟喧嘩《げんか》だ。彼らがれっきとした王子であることを除けば、止める理由などこにもない。

「理解も求めず！」

ジャスティンの拳がエドワルドの腹に沈む。

咳《せ》き込みながらエドワルドも反撃する。

「弁明もしない！」

ジャスティンがぶつけているのは、拳ではなく言葉のようだった。


「ああ、もう……」

ああ、もう本当に、これでは人前に出られない。

予定の大幅な修正が必要だ。


健全な兄弟喧嘩が終わったころには、エドワルドの顔に三か所も痣《あざ》ができていた。

対するジャスティンにしても、見えないところは青痣だらけだろう。

二人とも肩で息をしている。エドワルドは床に、ジャスティンは立ったまま壁に寄りかかり、しばらく誰も口を開かなかった。

シエラは黙って歩いていくと、忘れたように放置されていたエドワルドの剣を拾い上げる。傷や刃こぼれがないのを確認すると、主にそっと手渡した。

剣を受け取ったエドワルドの手にも傷がある。

ため息をつきながらほかに目立った外傷がないか探した。

まったく、何をやっているのだか。勝負を持ちかけたジャスティンも、受け入れたエドワルドもシエラには理解できない。

特にジャスティンだ。こんなことをしても何の意味もない。

彼が損をするだけだ。自分など……ジャスティンが望むだけの価値があるようには思えなかった。

シエラとエドワルドのやり取りを無言で見ていたジャスティンが、不意に動く。

「エドワルド、俺はおまえを許そうと思う」

それはあまりにも唐突で、すぐには理解できなかった。

シエラ自身はともかく、主人であるエドワルドがここまで驚いているのは初めてだ。

「……それは、今の……喧嘩のこと、ですか？」

「違う」

エドワルドがやっとひねり出した問いはジャスティンにあっさり否定される。

「そうではなく、おまえが俺に対してやってきたこと、すべてだ」

「何を……」

「全部、許す」

「そんなの……」

無理だ、という言葉は音にはならなかった。乾いたエドワルドの喉《のど》から、無音の言葉が漏れる。引きずられるように立ち上がって、彼は視線を泳がせた。

「知らないくせに……今まで僕が、何をやってきたのか。兄上は知らないくせに」

「おまえは言わない」

落ち着きを失っているエドワルドを、ジャスティンは静かな瞳で見つめる。射抜くような威圧感も、責めるような色もなく、ただ淡々と事実を告げる。

「俺がどんなに強く訊いたところで、おまえは口を割りはしない。今までも、これからも。おまえは俺に理解を求めないし、弁明もしない」

「そうですよ……。それなのに、許せるっていうんですか？　何も知らないのに？」

「ああ」

ジャスティンは頷《うなず》く。

「兄上が想像もつかないようなことをやっているかもしれませんよ。それでも？」

「それでもだ」

「……兄上を、害そうとしているかもしれませんよ？　……シエラを使って、こうなるように工作したのかもしれない」

エドワルドの言葉は確認というより懇願のようだった。まるで許さないでくれと言っているようで、聞いているシエラは胸が痛くなる。

「それでも、俺はおまえを許す」

ジャスティンは揺るがない。

「何も知らないで、知らないままで、俺はおまえを許す、エドワルド」

だから、おまえも理解を求めるな。とジャスティンは言った。

「……あまりに、一方的だ。兄上、あなたは、僕のことを考えてくれやしない」

「それはおまえも同じだろう。おまえも、俺のことを考えない」

「僕は兄上のことを考えています。僕は……」

「一方的に、考えている。……そうだろう？」

「…………っ」

エドワルドが言葉で負けるなんてそうはない。ある意味貴重な光景だ。

「だから、俺もおまえのことなど考えない。だが、許してやることはできるだろう」

「…………」

何も言えないエドワルドとシエラを置いて、ジャスティンは扉へ向かって歩き出す。その後ろ姿を黙って見送るしかなかった。

扉が音を立てて閉まり、一足早くシエラが我に返る。

「エドワルド様、私たちも参りましょう。ここは、人目につきます」

どこから嗅《か》ぎつけてくるのだか、気配を押し殺して様子を窺《うかが》っている存在をさっきから感じる。

「エドワルド様……」

差し出した手が、ゆるゆると握りしめられた。

そうしてなんとか、エドワルドは自室まで辿《たど》りついたのだ。

部屋の扉を閉めるなり、エドワルド＝ウィンフリーは赤い絨毯《じゅうたん》の上に寝転がった。

仰向けに寝転がった彼の顔は見えない。視線を遮るかのように顔を覆った手を見て、シエラは退室しようか逡巡《しゅんじゅん》する。

立ち去るにしても、その前に主の怪我《けが》の手当てをしなければならない。

薬箱の中から目当てのものを探し出す。

一番重要なのは顔の手当てだ。だが、エドワルドは覆い隠したものをシエラに見られたくはないかもしれない。

逡巡していたシエラの横で、エドワルドは呟いた。薬の瓶を持ち上げた手が、所在なげに宙で止まる。

「兄上は、すごい人だろう」

「……ええ、そうですね」

変わらず顔は隠したままでエドワルドは続ける。

「あんなの、傲慢《ごうまん》だよ。偉そうだと思わない？　許す、だなんて……」

「…………」

「敵《かな》うわけ、ないじゃないか」

そう言って彼は笑った。乾いた笑いは彼が本当に参っていることを感じさせるのに十分だ。

「ねえ、シエラ」

「はい」

「僕は、間違っていたのかな」

「…………」

「僕は、兄上を守ってきたつもりなんだ、これでもね。兄上は、僕を守ってくれようとしていた。向けられる目は、厳しかったけど……いつもどこか頼もしくて、優しかったよ。……僕が、全部ぶち壊しにするまではね」

今なら、エドワルドの言う昔のジャスティンを容易に想像することができる。本質は変わらず、もっと素直で笑顔があったに違いない。

それを、エドワルドが壊した。

ジャスティンの母親を見殺しにしたとき、すべては徹底的になった。

生きていれば、「国王の愛人の息子」「外でつくった子供」という出自を印象付ける彼の母親を、エドワルドは意図的に見殺しにしたのだ。ジャスティンの弱みになる過去を一つ一つ確実に葬っていった。

何も言わず、理解も求めず、たしかに一方的で勝手なやり方で、エドワルドはジャスティンを守ろうとした。


――僕が、兄上を守ってあげる。


エドワルドはエドワルドで、過去の約束に忠実だったのだ。ジャスティンには思いもよらない方法で実行に移されているその約束に、理解を求めようとは当のエドワルドも考えていなかった。それなのに――……。

「僕は間違っていたのか？」

自嘲《じちょう》気味に吐き出された問いは、シエラには極めて難しい問題だった。

シエラの意思はエドワルドの意思で、シエラの答えはエドワルドの答えだ。エドワルドが正しいと思うなら、彼女に異存などありはしない。

ただ、一般的に見て、となると話は別だった。

間違っているとは言い切れないが、正しいとも言えない。

ジャスティンの言うとおり、エドワルドは一方的に兄を守ろうとした。汚れた玉座から、ジャスティンの暗殺を謀る自らの支援者たちから。

たとえそれがジャスティンの望む形でなかったにせよ、エドワルドなりに家族を愛した結果が、これだ。

「私には、間違っているかどうかは分かりませんが……あの方を、汚したくないというお気持ちは、わかります。あの方は、綺麗《きれい》ですから」

「汚れた身としては、ちょっと眩《まぶ》しすぎるくらいにね」

「ええ」

ジャスティンはときどき見ているこっちが苦しくなるくらいまっすぐだ。眩しすぎて、目が眩《くら》むくらい。

「……交換条件に王位を持ち出される使用人なんて、そうそういないよ」

「いたら困ります」

間髪入れず返したシエラを、エドワルドは笑う。

手は下ろされ、エメラルドの瞳がシエラを映す。その顔に、さっきまでの陰りは見えなかった。どこか吹っ切れた表情で笑うエドワルドを見て、シエラもやっと安堵《あんど》のため息をつく。

「仕方ないから、兄上は君にあげるよ」

「え、あの……」

「行っていいよ」

「エドワルド様……?」

そんな顔で、こんなことを言われたら不安になる。

もう要らないよ、と言外に言われているようで。

あからさまに一瞬うろたえたシエラに、エドワルドは微笑んでみせた。

「心配しなくても君は僕のものだ、シエラ。……だけどね、君にだったら兄上をあげてもいい」

ジャスティンが聞いたら怒りそうな台詞《せりふ》だ。

「僕の自慢の……できすぎた兄を」

「あの、エドワルド様……」

「行きなよ、シエラ」

傷の手当てはハルキアに頼むから、と続けるエドワルドに促され、シエラは身を翻す。

閉まる扉の音が背後に響いて、いまだ迷っている彼女を追い立てた。

いつもは颯爽《さっそう》と進むはずの回廊に、無意識に足が迷う。

シエラには、ジャスティンに会って何を言えばいいのか分からなかった。

こうまで強く自分を求めてくれるジャスティンに、彼女は同じだけの気持ちを返すことはできない。あげられるものなど何もない。

ジャスティンの自室まで辿り着いたのはいいが、ノックをするために持ち上げた手が、いつまで経っても下ろすことができない。彼の「ぼんやりした奴《やつ》だな」という言葉をふと思い出して自嘲気味に笑う。たしかに、そうかもしれない。

宙で止まった手が、扉を叩《たた》くことはなかった。

その前に重厚な扉が勢いよく開いたからだ。

咄嗟《とっさ》に後ずさったシエラの腕が強く引かれる。崩れるように部屋のなかへ入ったシエラを、しっかりとした胸が抱きとめた。

「ジャスティン様っ」

いつかと同じような展開だ。

きつく抱きしめられたシエラの頭上でジャスティンがため息をつく。

「いつまで扉の前で突っ立っているつもりだ」

「気づいていらっしゃいましたか」

「……あのまま、立ち去るかと思ったぞ」

独白のような呟きだった。そこに含まれた切ない響きに気づいてしまい、思わずシエラはジャスティンの背中に手を回す。そっと抱きしめた腕に、彼の緊張が伝わってくる。

「あんなことをしても……あなたには、なんの得もないのに」

言わずにはいられない。

あの場で言えなかったことを、言わずにはいられなかった。

「意味ないですよ。失ってばかりで……こんな女のために」

いつか我に返ったら、ジャスティンは後悔するかもしれない。一介の使用人のために王位を捨てたことを。玉座より、シエラを選んでしまったことを。

正式な宣言ではないが、ジャスティンが王位継承権を捨てたことはほぼ確定だ。彼自身、前言撤回するような人間ではないだろうし、明日にはどこからか噂が流れているだろう。

彼はもう、エドワルドとは争えない。

加えて、あれだけ固執していたエドワルドに対する憎しみを捨てるだけの価値が、シエラは自分にあるとは思えない。どう考えてもジャスティンにとっていい展開ではない。

「俺には、意味があった。……後悔などしていないし、これからもしない」

はっきりと、ジャスティンは言う。

そこに迷いなどわずかも見られない。戸惑っているのはいつでもシエラのほうだ。顔をしかめた彼女に、ジャスティンは言う。

「それでもおまえが、『こんな女』と言うのなら、俺にとって王位など、『こんな女』のために捨ててしまえる程度のものだったんだろう」

そう言ってジャスティンはシエラの頬《ほお》に手をかける。上向かせたシエラにジャスティンは微笑んでみせた。

その笑みがあまりに優しいせいで、なぜか泣きそうな気持ちになる。

「実際、王というものにそれほどなりたかったわけじゃない。俺は、ただ、弟を取り戻したかっただけだ」

「エドワルド様を殺して？」

「……ああ」

「矛盾していますね」

「ああ。俺にとっての弟は……記憶のなかにしかいない」

「それは……」

「分かっている。非現実的なことを言っているということは」

ジャスティンは幻想を追っている。彼の取り戻したい「弟」は現実にはいない。

報われない人だ。

「俺は多分、あいつの言い訳を聞きたかったんだろう。弁明が欲しかったんだ。そのためなら、殺してもいいとさえ思った」

「エドワルド様は、たとえ殺されても言わないですよ」

「だろうな。最初から、無駄なことだった」

ジャスティンの手が、不意にシエラの髪をそっと撫《な》でた。そのまま結んだリボンを二つとも解く。赤い髪がさらりと肩に落ちた。

「俺は、おまえも許したい」

え、という言葉は声にならなかった。硬直したまま動かないシエラに向かって、ジャスティンは続ける。

「おまえがやって来たことを……何をやって来たのかは知らないが、知らないままで許したい。今までのことも、これからやっていくことも、すべて」

突然告げられたことに理解が追いついていかない。

何も知らずに許すなど、そんなことは無理だと思う一方で、ジャスティンならばやってのけてしまう気もした。

それが、怖かった。

「……許さないでくださいよ」

掠《かす》れた声でシエラは答える。

許されることなど望んでいない。許したら、ジャスティンまで一緒に汚してしまう気がした。

今までも、これからもやっていくであろう汚い行為。それを恥だと思ったことはないし、必要だとエドワルドが考えたのならシエラに異存などありはしない。むしろ進んで任務に就くことを選ぶだろう。

弁明などしないし、どんなに辛《つら》くとも涙など流さない。

だけど、それをジャスティンが許してしまうのなら、汚れは彼にまで及んでしまう。

知らないうちに、この高潔な人を汚してしまう。

心に恥じることのないジャスティンを自分が汚してしまうと考えただけで、気が滅入る。彼だけは、ずっと綺麗なままでいて欲しいのに。


ああ、きっとエドワルドもこんな気持ちだったのだろう。


シエラはなんとなく主の思いが分かった気がした。

自慢の兄だからこそ、頼りになる兄だからこそ、頼れなかった。一度頼ってしまえば、ジャスティンは本物の味方になってくれたはずだ。そして全力でエドワルドを守ってくれたに違いない。

だがそれはつまり、ジャスティンがエドワルドの代わりに汚れるということだ。

エドワルドは自分が汚いと言う。

残酷な命令も笑顔で出せる。笑顔で出しても、心が痛まないのだと。痛まない心を不思議に思っているようだった。

そんな立場に、ジャスティンを立たせたくなかったのだ。

愛しているからこそ、エドワルドはジャスティンに頼れなかった。

――許さないで。

シエラは願う。なのにジャスティンの決意は揺るがない。

「俺が許したいんだ、シエラ」

重ねて紡がれる言葉は絶大な力を持っていた。

「おまえはこれからも、俺の知らないところで、俺の知らないうちにその手を汚すだろうが、許すことによって、俺はおまえを繋《つな》いでおきたい」

「でも……」

「俺の勝手な言い分だ」

ゆっくり髪を梳《と》かれる感触に、目をつむってしまいたくなる。

素敵な王子様との恋を、ただ楽しめる軽い女だったらどんなに楽だっただろう。あいにく、シエラには王子を誑《たぶら》かす趣味はない。

「愛している」

耳元で囁《ささや》かれた言葉は小さいのに、絶対的な力があった。

静かに落とされた口付けがしだいに深くなっていく。受け入れるシエラの心に甘い痺《しび》れが走るけれど、その一方で苦しいと訴える声がたしかにある。

こんなにたくさんのものを与えてくれる彼に、シエラが返せるものなどほとんど何もなかった。

まっすぐ、自分だけを映してくれるジャスティンの瞳。

だがシエラは、彼だけを見つめることはどうしたってできない。

心はエドワルド＝ウィンフリーに。

魂はミハエル＝ファウストに。

シエラに残されたものなど数えるほどだ。

後悔はしていない。それを望んだのはシエラ自身だから。自分のものなど何一つ欲しくはなかった。

深い口付けに呼吸さえままならない。出口のない水中に沈んでいく。おぼれそうな錯覚を覚えてジャスティンの服をきつく握りしめた。

「……ジャ、スティン様っ」

「おまえは、可愛いな。シエラ」

文字どおりぎょっとなって咳き込んだ。服を握っていた手がジャスティンに優しく包み込まれた。むせたシエラを心配そうに見ながら「大丈夫か」と訊《き》いてくるこの人が、心配だ。

「かっ、可愛い……って。私、そういうのではないんですよ」

「いや、おまえは可愛い」

もうこれ以上、驚かせないで欲しい。

「………………」

「気づいていないならいくらでも言ってやるが、おまえは俺の前では可愛くなる」

「……っ」

「愛している、シエラ」

ジャスティンは何度でも愛を囁く。まるでふり注ぐような熱い感情におぼれそうになりながら、シエラはいつかの悪魔の言葉を思い出した。

――僕が、君に……選ぶ権利をあげる。選ばせてあげる。

あのとき、突然現れた美しい悪魔はシエラに選択を迫った。

――女として生きていくのか、腕一つで生きていくのか。二つの道の、どちらを選ぶ？

提示された道は二つ。真逆の道。

あのときたった一度、シエラは選んだ。迷いに迷った末の、欲張りな選択。

――どちらも選べないから、真ん中を突っ切らせて。

選んだのは道なき道。

その道を、自分は今、歩いている。

深く低いジャスティンの声が、シエラの首筋を甘くくすぐる。

いつの間にか露《あら》わになった鎖骨に、熱いキスの雨が降ってくる。傷痕《きずあと》の残る白い肌に、小さな赤い華が咲いていく。

まるで傷を癒《いや》すというように。

甘い痺れがまともな思考力を奪っていく。何も考えず、彼のひたむきな想いに身を任せてしまえればよかった。この激流に、流されてしまいたい。

苦しいのに、嬉しい。

相反する心がせめぎ合って、シエラの琥珀《こはく》の瞳を濡《ぬ》らす。ジャスティンの姿がだんだん滲んでいく。口付けは、静かなのに激しかった。強く求められているのが全身に伝わってきて切なくなる。

「愛している、シエラ」

心と魂をそれぞれ主と悪魔に捧《ささ》げて、残ったものといえば、あとは体ぐらいのものだ。ならば、そのすべてを目の前の男に捧げることになんの躊躇《ためら》いもなかった。

ただ、幸せになってもらいたかった。彼が自分を求めてくれるというのなら、この手に残ったものすべてを捧げてしまっても後悔しない。

――だって私も……

愛している、と惜しみなく囁いてくれる男に、シエラは答えを唇に乗せてそっと口付けた。

Epilogue
Comic ✦ 双葉はづき
シエラ
今夜の予定は？
今夜は見回りで
遅くなると
思いますので
先にお食事
を……
──いや
おまえが来てから
夕食にするとしよう

でも…
おまえは俺と夕食をとるのが嫌なのか？
そんなことはありません
しかし本当に遅くなるのでお待たせしてしまいます
チラ
おまえは仕事をこれからも続けるんだろう？
これからも仕事で遅くなるたび食事を別々にとっていたらいつまで経っても一緒に夕食をとれない
子供が出来たら悪影響だ
！

——ジャスティン様
そろそろお時間です
ああ
また夜に会おう
……
…あ…
…の
じーー

家族で食卓を囲むのがジャスティン様の望みなんです
あなたも協力してください
今傍《そば》にいる分
で…でも
万が一そうなってもジャスティン様だって本妻を持ったら
辛くなってしまう――…
私のことを気にする余裕なんてなくなるわ
本妻…
気にする余裕…？

あなた…本気で言っているんですか?
え
そんなことジャスティン様がすると思ってんのかおまえ
愛人を持ておまえを捨てるなんて真似
だって…
まさか本当に私を奥方にするなんて…
馬鹿なのはあなたの方です
ああ 馬鹿だな大馬鹿だ
ちょっ…ちょっと!!
何なのよ一体ー!

ジャスティン様
あの…
マーシャルと
コールドナードが
言っていたことは…
――…
いや
やっぱり…
何だ？
い、いいえ…
何でもありません

言え
俺に隠しごと
などするな
ジャスティン様…
近
そんな怖い
顔で見ないで
ください…
すっ
すまない
あなたは…
もっと多くのものを
望んでいいんです
望めば手に入れられる
人なんですよ

俺はもう
充分すぎるほどのものを
手に入れた
もっと
でももっと…
──っ
たくさんのものを
手に入れられた
はずなのに…
俺はおまえがいれば
充分だ

失ったものと比べれば微々たるもの
それどころか…ないに等しい
奴隷《どれい》上がりの使用人なんて
それに
心はエドワルド様に
魂は悪魔にとうに捧げてしまっている
おまえにとっては迷惑な話かもしれんがな
そんなことっ…
だが俺はおまえを逃がすつもりも
手離す気もない

愛してる
血まみれでも
汚れていても
いつか 俺を
裏切っても

私も
あなたを愛しています
End

あとがき

本書をお手に取ってくださった皆様、ありがとうございます。神尾アルミです。

はてさて、今回の小説はQuinRose様から発売されている『クリムゾン・エンパイア』というPCゲームのノベライズです。担当様から「戦うメイド」という主人公の特徴を聞いてかなり楽しみにしていたのですが、神尾の乏しいゲームセンスのせいでクリアへの道のりは意外に厳しいものに……。そんなわけで最初に到達したエドワルドとの結末は感慨深いものがあります。

『クリムゾン・エンパイア』は、なんといっても主人公のシエラがかなりかっこいい。彼女を取り巻く周りのキャラクターもかっこいいんですが、とにかくシエラがかっこいい。強くて凛々しくて、だけどどこか刹那的な主人公です。ゲーム中、普通だったら赤くなるところで予想外な反応をしてくれる一筋縄ではいかないヒロインでした。

この小説の相手役、ジャスティン＝ロベラッティも男前で素敵な人なのですが、どういうわけか神尾が書くとへたれの方向へ傾いてしまい、QuinRose様のチェックがなければ今ごろどうなっていたことか……。

今回はシエラ、ジャスティン、そしてシエラの主人であるエドワルドが主要人物となっています。しかし他にもかなり魅力的なキャラクターがたくさん出てくるゲームです。誰か一人選べと究極の選択を迫られたら神尾はマーシャルを押したいです。

さて、最後になりましたが、ただいま私の心は感謝で一杯でございます。

ゲームのプレイから小説の完成に至るまで迷走しまくった神尾を、いつでも温かく導いてくださった担当のM様。おかげでこうしてあとがきを書けています。

素晴らしい挿絵と漫画を描いてくださった双葉はづき先生。エピローグの漫画中盤で爆笑、そしてラストでは大いにときめかせていただきました。

カバーや章区切りを素敵に演出してくださったデザイナー様にも感謝です。

そしてQuinRose様。たびたびチェックしていただいてありがとうございました。

最後に、今、あとがきを読んでくださっている読者の皆様、本当にありがとうございます。ゲームプレイ済みの方もそうでない方も、楽しんでいただけたら幸いです。

「強い女の子」と「へたれな男」にビビっと来た方は、よろしければ前作の『迷走×プラネット』もお手に取っていただけると嬉しいです。という宣伝すみません。

では、またお目にかかれる日が来ることを祈りつつ。

２００９年６月某日　神尾アルミ

はじめまして。
コミックと挿絵を担当させて
頂きました双葉はづきです。
現在本編のコミカライズも連載中
ですが、こうして小説の方にも参加
させて頂けて嬉しく思っております！
近々コミックスも発売になりますので
そちらもよろしくお願い致します^^
神尾さんのジャスティン
とのお話にめろめろに
なりながら描かせて頂き
ました…！！

QuinRoseさま、神尾さん、担当Mさま、
Rさん、大変お世話になりました！

2009 双葉はづき

一迅社文庫アイリス

クリムゾン・エンパイア
～プリズナー・オブ・ラブ～

2009年8月1日 初版発行

著　者■神尾アルミ
原　作■QuinRose
発行者■杉野庸介
発行所■株式会社一迅社
〒160-0022
東京都新宿区新宿2-5-10
成信ビル8F
電話03-5312-7432（編集）
電話03-5312-6150（営業）

印刷所・製本■株式会社暁印刷
ＤＴＰ■株式会社三協美術

装　幀■今村奈緒美

ISBN978-4-7580-4094-5

この本を読んでのご意見
ご感想などをお寄せください。

おたよりの宛て先

〒160-0022
東京都新宿区新宿2-5-10
成信ビル8F
株式会社一迅社　ノベル編集部
神尾《かみお》アルミ先生・双葉《ふたば》はづき先生

大人気PCゲームが通常版とドラマCD付限定版、同時発売で登場!!

『クローバーの国のアリス 〜ガーディアン・ゲーム〜』

著者・館山緑

原作・cover&pinup：QuinRose

illust&comic：文月ナナ

うさぎ耳の男に、無理矢理物騒な世界に連れて来られたアリス＝リデル。ハートの国に残ることを望み、時間の番人・ユリウスがいる時計塔に滞在していたはずが、ある日起きるとそこはクローバーの塔で!?　さ迷うアリスを導いてくれたのは、塔の主・ナイトメアと、その部下・グレイ。突然の「引越し」で戸惑うアリスに、グレイは優しく手を差し伸べてくれて――。大人気ゲーム『クローバーの国のアリス』が遂に小説＆漫画のコラボ企画で登場♥

◆光文社文庫　好評既刊◆